O ESTUDANTE

Mamãe querida

O ESTUDANTE

A. Carraro

Mamãe querida

Ilustrações
Mauricio Paraguassu
Dave Santana

© Global Editora, 1992

24ª Edição, Global Editora, São Paulo 2024

Jefferson L. Alves – diretor editorial
Flávio Samuel – gerente de produção
Mauricio Paraguassu e Dave Santana – ilustrações de miolo
Equipe Global Editora – produção editorial e gráfica

Dados Internacionais de Catalogação na Publicação (CIP)
(Câmara Brasileira do Livro, SP, Brasil)

Carraro, A.
  O estudante II : mamãe querida / A. Carraro ; ilustrações Mauricio Paraguassu, Dave Santana. – 24. ed. – São Paulo : Global Editora, 2024.

  ISBN 978-65-5612-699-9

  1. Ficção - Literatura infantojuvenil I. Paraguassu, Mauricio. II. Santana, Dave. III. Título.

24-237617   CDD-028.5

Índices para catálogo sistemático:
1. Ficção : Literatura infantojuvenil   028.5
2. Ficção : Literatura juvenil   028.5

Cibele Maria Dias - Bibliotecária - CRB-8/9427

Obra atualizada conforme o
NOVO ACORDO ORTOGRÁFICO DA LÍNGUA PORTUGUESA

Global Editora e Distribuidora Ltda.
Rua Pirapitingui, 111 – Liberdade
CEP 01508-020 – São Paulo – SP
Tel.: (11) 3277-7999
e-mail: global@globaleditora.com.br

- grupoeditorialglobal.com.br
- @globaleditora
- blog.grupoeditorialglobal.com.br
- /globaleditora
- /globaleditora
- @globaleditora
- /globaleditora
- @globaleditora

Direitos reservados.
Colabore com a produção científica e cultural.
Proibida a reprodução total ou parcial desta obra sem a autorização do editor.

Nº de Catálogo: **1831**

NOTA DA EDITORA

A obra em prosa de Adelaide Carraro surpreende, primeiramente, pelas suas dimensões. Entre autobiografias e romances, a escritora paulista publicou ao longo de três décadas de carreira literária mais de 40 livros. Para além da quantidade, há que se destacar igualmente a inquestionável popularidade deles, muitos inclusive com seguidas reimpressões.

A narrativa de *O Estudante II*, que a Global Editora tem a ventura de manter viva junto ao público leitor, dá continuidade à história de uma família marcada por conflitos e perdas, ocorrências que podemos muitas vezes vivenciar, pois a complexidade do viver em sociedade nos proporciona de forma inevitável situações inesperadas e indesejáveis. E a literatura produzida por Adelaide Carraro sempre esteve antenada por representar dilemas fortes e incômodos vividos por nós. Talvez por isso – por esta habilidade de ficcionalizar cenas de um mundo real –, suas narrativas sempre foram marcadas pela polêmica, visto que a autora maneja suas personagens para jogar luz sobre os choques que se dão nas relações humanas em seu dia a dia.

Com o intuito de proporcionar ao leitor a chance de "espiar pelo buraco da fechadura" e enxergar os embates sociais que expõem as agruras e injustiças que nos assolam, convidamos o leitor a mergulhar neste livro impactante de Adelaide Carraro, confiante de que tal exercício o fará refletir sobre o nosso tempo, o que é, sem sombra de dúvidas, uma das funções de toda boa criação literária.

Brasília, 29 de julho de 1986

Querida mestra,

Permita-me apresentar-me: leciono matemática, meu nome é Ariel e tenho uma frustração no momento; não tenho sido sombra sequer do valente "mestre" de *O estudante* e a frustração aumentou quando constatei que meus colegas nunca ouviram falar dessa arma — *O estudante*. Tampouco a biblioteca de minha escola o conhece ou possui um exemplar.

Aqui em casa todos leram e se emocionaram com a dura realidade retratada em *O estudante*. Não posso dizer o mesmo com relação a meus queridos alunos que no dia a dia convivem com essa realidade, mas não possuem poder aquisitivo para se armarem contra tantos males através da boa leitura.

Minha escola é o Centro Educacional nº 5, COMPLEXO "C" — CNP 9 — Ceilândia-DF.

Sou professor conselheiro de uma turma de 36 alunos (7ª série B — Noturno) e pretendo, como principal objetivo, com auxílio de meu colega da área de Língua Portuguesa, cobrar por leitura, reflexão e divulgação desse antídoto do vício que é *O estudante*. Portanto, gostaria de receber através do reembolso postal, a um preço compatível com o salário de um professor, pelo menos 10 ou 15 exemplares para essa finalidade.

Querida mestra (permita-me que a trate assim), o motivo que me levou a escrever esta apressada carta foi, acima de tudo, render-lhe as merecidas homenagens de admiração pelo seu trabalho. Parabéns!

Minha filha Soraia (13 anos) é a responsável por eu haver conhecido *O estudante*. Aceite as homenagens dela também.

Favor remeter para:
ARIEL DOS SANTOS PERES
SQN 102, BL "C", ap. 601, Brasília-DF
CEP 70722-000

ADELAIDE CARRARO, você me diz que todas as pessoas que leram e leem *O estudante* estão ansiosas para saber o que aconteceu comigo e com a minha família. Terei o maior prazer em levar novamente até aos amigos brasileiros mais este relato comovente de minha existência. Fico emocionado todas as vezes que recebo cartas de meus queridos estudantes brasileiros e agradeço a Deus, do fundo de meu coração, por ter me inspirado a ir procurá-la naquele malfadado dia, quando voltei do enterro de meu adorado irmão Renato e lhe dei aquela carta contando como Renato foi envolvido nas drogas e o seu triste fim. Soube que *O estudante* é lido por milhares de estudantes e isso me enche de orgulho e traz grande alegria para meu espírito. Aliás, nestes quase 12 anos, o que mais me ajudou a enfrentar e a carregar a minha espinhosa cruz foi o apoio dos nossos estudantes.

Em 1975, quando Renato morreu, eu tinha 15 anos. Meus 15 anos! Puxa! Como é doloroso lembrar de tudo o que se passou envolvendo aquela idade de expectativas brilhantes, em que a gente pensa que tudo é e será um mar de rosas. Pobres de meus 15 anos — como eles sofreram, lutaram, choraram, caíram e, por fim, se levantaram! Assim que saí de sua casa, querida mestra — por favor, deixe-me chamá-la de mestra pois assim lembrarei de quantas vezes você me estendeu a mão e me levantou, ou melhor, me obrigou a olhar para o céu e fazer-me lembrar que Deus está lá encarando a gente aqui embaixo. Hoje, com 25 anos, ainda me recordo o que você me dizia quando eu, desesperado, não sabia o que fazer: "Peça ajuda a Deus, Roberto. Mas peça em voz alta. Esteja onde estiver, grite, grite, grite e Ele o atenderá".

E até hoje faço isso, mestra.

Mas, vamos começar do começo, né? Pois bem, naquela noite, quando cheguei em nossa casa, ela estava cheia de gente. Mandei Walter parar, pulei do carro e corri me escondendo atrás das plantas até chegar à porta dos fundos. Não havia jeito de subir para meu quarto sem ter que passar pela sala apinhada de amigos de meus pais. Chamei a empregada e pedi para ela ir abrir a janela de meu quarto e assim, pela janela, entrei em meu quarto e tranquei a porta. Ah, antes de fechar a porta pedi ao rapaz que cuidasse para que os cães não viessem ao meu quarto, pois eu estava tremendamente cansado e queria dormir. Acordei com as raspadinhas da Tuli na porta. Dei um pulo da cama, sentindo raiva da empregada pois ela havia desobedecido às minhas ordens. Abri a porta e os cachorros correram e subiram na cama. O Bolão, a Tuli, a Toga e a Florzinha.

Mas, que diabo! — pensei. — O que esses animais estão fazendo por aqui? — Corri, escancarei a janela e um sol lindo e brilhante invadiu meu quarto e entrou no meu coração e no meu cérebro, clareando-o. E então, com o coração aos pulos, lembrei-me de tudo. Renato morto. Renato morto e o céu estava azul, o sol bem amarelo, as flores exalavam um forte perfume, os pássaros cantavam, o vento balançava as folhas que caíam no chão e pulavam e corriam de lá para cá. Tudo igual aos outros dias. Como podia ser assim? Renato morto e a natureza tão linda, tão contente e feliz! Encostei-me na janela e, chorando, perguntei a Deus por que não estava ali fora, ali perto, lá longe, por toda São Paulo, por todo o Brasil, por todo o mundo, uma chuva torrencial que faria com que a terra se desmanchasse em rios de lama. Lá em cima céu negro, raios de fogo riscavam o espaço e um vendaval arrancava tudo o que estivesse sobre a terra. Renato morto. Eu desejava caos, confusão, que tudo girasse, girasse e desaparecesse. Queria o nada. Como podia estar tudo tão esplendoroso, tão lindo?

Os cachorros pulavam para receber carinho, me abaixei e eles, os meus queridos animais, secaram as minhas lágrimas com suas lambidinhas tão amorosas. Abri a porta do quarto e saí para o corredor. Vaguei pela imensa casa sem me importar com os olhares penalizados dos empregados. A mesa posta para o café da manhã e no canto o vaso cheio de rosas, queridinhas do Renato. Tudo igual, nem parecia que meu irmão estava naquela gaveta tapada por todos os lados com cimento. Tudo igual. Tudo igual. Não, não e não!

— Vera, onde estão meus pais e Rosana?

— Seu pai está no quarto de "seu" Renato. Sua mãe, bem, eu acho melhor a governanta lhe contar, pois eu sou somente a arrumadeira e não posso me envolver com assuntos dos patrões.

— Quê? Não pode o quê? Onde está mamãe?

— Ela... bem, eu soube que ela está internada numa clínica de repouso.

— Internada?! Meu Deus, mamãe!

Corri para o quarto de Renato e bati na porta.

— Papai, papai, você está aí?

— Deixe-me em paz, por favor, Roberto. Desculpe-me, sim? Desejo ficar só.

Esfreguei as mãos geladas e fiquei rodando, rodando sem saber o que fazer. Algum tempo depois fui para o quarto do chofer. Assim que ele apareceu, falei:

— Você sabe em que clínica mamãe está internada?

— Sim.

— Leve-me lá.

— É em Campinas, senhor Roberto, penso que seria bom o senhor vestir alguma roupa.

Olhei-me.

— Puxa, ainda estou de pijama! Vera, leve-me um café enquanto eu me visto e traga Rosana.

— Está bem, senhor Roberto, pedirei à babá de Rosana que a arrume, pois ela está na piscina.

— Como na piscina, se o irmão dela está morto?!

— Ela só tem três anos, senhor, ainda não entende o que é a morte.

— Ah, desculpe-me. Puxa, como estou nervoso!

A CLÍNICA, BANHADA DE SOL, com um belo parque cheio de árvores e de flores, ficava no meio de um enorme gramado verde. Walter abriu a porta do carro e, segurando Rosana no colo, mandou que a babá nos acompanhasse e eu percorri diversos caminhos escondidos, fechados pelas plantas, para ver se encontrava a entrada da clínica.

De repente, com o coração em disparada, vi mamãe, sentada numa cadeira perto de um terraço florido. Saltei uma sebe alta e voei para ela gritando:

— Mamãe! Mamãe!

Joguei-me ajoelhado diante de sua cadeira e segurando com as duas mãos as suas, que estavam geladas, encarei-a sorrindo.

— Mamãe! Oh! Mamãe, como eu a amo, como eu a adoro, pensei que a senhora estivesse lá em casa!

Levantei-me para beijá-la, para procurar um pouco de conforto para o meu coração, pois estava sentindo tanta falta de Renato!

— Mamãe! Mamãe! O terror foi se apoderando de mim, pois vi, aliás reparei, que a minha doce e querida mãezinha estava branca como um lírio, com seus belos e grandes olhos azuis arregalados e fixos em algum lugar que só o seu espírito saberia. Mamãe. Os cabelos prateados, os cabelos de que Renato tanto gostava, que ele vivia alisando com as duas mãos quando ainda não estava drogado. Oh, as malditas drogas! Estavam emaranhados, com tufos altos por todos os lados.

— Mamãezinha, o que a senhora está fazendo aqui?

Apertei as suas mãos.

— Diga-me, mamãe. Diga-me, pelo amor de Deus!

Ela não se movia e o olhar continuava parado, tão parado que parecia de vidro. Desesperado, olhei em volta e vi Walter e a babá e Rosana. Rosana, a nossa Rosana estava linda. Tão linda nos seus 3 anos de vida, iria fazer mamãe voltar daquele mundo que eu não sabia, não imaginava qual era. Corri como um doido, arranquei Rosana do colo de Walter e a coloquei no colo de mamãe.

— Olhe, mamãe! Olhe quem está no seu colo.

Rosana passava a mãozinha gorda e morena pelo rosto pálido, dizendo:

— Mamã, mamã Lida.

Peguei o rosto de mamãe entre as minhas mãos, beijando-o sem parar, pedia a ela:

— Mamãe, somos nós, Roberto e Rosana, o seu bebê. Diga, mamãe, diga que nos conhece. Vamos, mamãe, dê um beijo em Rosana.

Mas mamãe continuava muda e sem movimentos.

Walter fez com que a babá pegasse Rosana e abraçando-me disse:

— Senhor Roberto, sua mãe está em estado de choque. O médico nos disse ontem quando vim com o doutor Mascarenhas trazê-la para cá. Calma, menino, aí vem o médico.

Com as lágrimas me cegando só consegui ver uma forma que se aproximava acompanhada de três pessoas que me pareciam enfermeiras. Empurrei Walter, passei as costas das mãos pelos olhos e encarei o médico e as enfermeiras.

— Doutor, o que está acontecendo com minha mãe?

O médico, homem rude e petulante, foi logo dizendo:

— Não trato da saúde de meus doentes com crianças. O que tinha a explicar, já o fiz com seu pai ontem.

— Doutor, quero que saiba que não sou criança, tenho 15 anos e esta senhora que aqui está, sentada sozinha nesta imensidão de árvores que mais parece uma mata, é minha mãe. Minha carne, meu sangue. E saiba que meus 15 anos estão abrindo os olhos de adulto desta casa de saúde, hospital ou sei lá o quê, onde minha mãe está abandonada. Como o senhor pode deixar uma pessoa doente sozinha?

Dei várias voltas e apontei para todos os lados:

— Veja ali, lá, acolá, não se vê vivalma. Sou criança, doutor, mas estou vendo que minha mãe está com os olhos remelentos que não viram água, os cabelos desgrenhados que não viram pente ou escova. Puxa, está vendo essa roupa? — eu gritava. — Essa roupa é a mesma que ela vestia no enterro de meu irmão! Sabe o que mais, doutor? Vou levar minha mãe para casa. Agora! Está ouvindo? Walter, pegue a mamãe, você é forte e poderá carregá-la.

O médico e as enfermeiras se puseram na frente de mamãe.

— Dona Lídia só sairá daqui se o doutor Mascarenhas vier buscá-la.

Minha voz tremia:

— Pois pode ter certeza de que mamãe não dormirá aqui esta noite.

MAS MAMÃE DORMIU aquela e mais algumas noites, muitas noites, pois papai não abria a porta do quarto de Renato e eu não conseguia falar-lhe. Procurei meus tios e amigos e todos achavam que mamãe estava melhor sendo tratada numa clínica. Aquele choque, se não tratado por especialistas, poderia fazê-la perder a razão e nunca mais sair daquela impressão sobre o sistema nervoso.

Ia todos os dias ver mamãe. Assim que o nosso carro adentrava no pátio arborizado, eu via pelo rabo dos olhos que alguma enfermeira corria para junto de mamãe, que estava sempre sentada na mesma cadeira e no mesmo lugar, e começava a agradá-la. Eu descia do carro correndo e sem poder reprimir as lágrimas que desde a morte de Renato estavam sempre à superfície e brotavam ao primeiro desgosto. Logo que chegava, abraçava e beijava muito mamãe, pois queria que, com meus carinhos, ela voltasse ao mundo.

— Mamãe, veja as rosas que lhe trouxe. Lembra-se delas, não? Oh, mamãezinha, são das roseiras de Renato. Olhe essa amarela, era das que a senhora mais gostava. Elas estavam sempre naquele vaso azul de cristal que o Renato comprou na França. Lembra, mamãe?

Ela imóvel, com o lindo olhar parado. Meu Deus, como eu me sentia mal! Parecia que todo o meu corpo revirava-se sangrando, repuxando, se torcendo. Chegava até a arrancar os cabelos, pois não conseguia que mamãe sequer mexesse um dedo, ou pelo menos virasse os olhos em qualquer direção. Meu Deus! Que vontade eu tinha de arrancar a minha alma e dá-la à minha adorada mãe.

Ficava a tarde toda conversando com ela, penteava os seus cabelos, limpava os seus olhos, escovava seus lindos dentes. Às vezes, a sacudia delicadamente:

— Mamãe, mamãezinha, fale comigo, por favor. Aperte a minha mão para eu sentir que a senhora sabe que sou seu filho.

Ficava um tempão com a mão entre as suas. Nada, nem um vislumbre, nem um reflexo.

Um dia, eu estava com mamãe quando as enfermeiras vieram buscá-la para exames e, tremendamente chocado, vi que mamãe não conseguia se firmar as pernas. Nervoso, perguntei às enfermeiras o porquê daquilo.

— São os remédios muito fortes que ela toma e que deixam suas pernas fracas.

— Que remédios?

Elas sorriram:

— Remédios para dormir e para se acalmar. Drogas.

Meu coração queria saltar pela boca. Drogas! Eu tremia. Apesar do forte calor, eu tremia de frio.

Apressado, fui para o carro, sentei-me ao lado de Walter e lhe disse:

— Walter, já fez um mês que meu irmão morreu. Papai não sai do quarto de Renato e mamãe aqui nessa maldita clínica. Hoje soube que ela está tomando desses remédios que só podem estragar o organismo. Puxa, Walter, não sei o que fazer, já estou ficando desesperado! Queria que alguém falasse com papai, o tirasse lá daquele quarto. Você vê, nem um de meus tios ou tias, avô ou avó conseguiu fazê-lo sair de lá. Só recebe a comida e se fecha. Puxa, Walter, isso não pode continuar assim! Olhe, sei que você é meu amigo e que já está conosco há 20 anos. Gostaria que você me ajudasse.

— Claro, menino Roberto. É só você falar o que deseja.

— Vou tirar mamãe dessa clínica e levá-la para casa.

— Menino, você está louco. Isso dá cadeia.

— Eles estão matando minha mãe, Walter, e eu não vou deixar. Ajuda ou não ajuda?

— Por Deus, senhor Roberto, o que falarão os seus parentes? Como eu, empregado de confiança de seu pai, poderei fazer uma coisa dessas? É melhor o senhor pedir ajuda a... a... bem...

— A quem? Quem eu tenho na vida? Diga, quem poderá sentir o que eu venho sentindo, vendo minha linda mãe transformada num esqueleto, mole, gelada. Parece morta em vida!

— Bem... Por que não a escritora?

— Que escritora?!

— A Adelaide. Ela recebeu a gente tão bem e está até tratando de mandar imprimir o livro sobre a sua carta.

Bati com a mão na testa e ri alegre:

— Puxa, ela prometeu me ajudar!

— Então! Tá vendo? Ela não tem medo de nada, sabe que, como você diz, é para o bem de sua mãe.

— Walter, vamos para a casa da escritora.

VOCÊ NÃO ESTAVA em casa, Adelaide. Deixei um convite para você vir jantar naquela noite em casa. Você foi. Puxa, dois mil anos não me farão esquecer aquela noite. Você batendo na porta do quarto de Renato e papai:

— Quem está aí?

Você me dando uma piscadinha:

— Sou da polícia.

— Polícia!

— É, polícia.

Papai abrindo a porta, soltei um grito e corri chorando para ele. Magro, barbudo, olhos inchados, rodeados de um vermelhão que parecia sangue. Papai me apertando em seus braços e nossos soluços se espalhando pela casa toda, chamando a atenção de Rosana, que dava gritos histéricos vendo aquele homem tão estranho, que lhe dizia:

— Sou seu papai, Rosaninha. Venha cá.

— Não, não, Bebeto, mande esse bicho embora. É um bicho, um bicho.

Corri para Rosana.

— Por favor, Rose, não fale assim. Vera, mande a babá distrair Rosana.

Você, Adelaide, olhou para mim e pediu-me que entrasse no quarto. Nós três nos sentamos na cama de Renato e você, Adelaide, explicando que polícia era um truque para tentar fazer papai abrir a porta. Você pedia desculpas e papai, num sorriso triste, dizia:

— Sou eu que devo pedir desculpas, minha senhora; não só à senhora como ao meu filho e à minha filhinha. Nunca deveria ter-me entregado a essa angústia. Quero que fique claro que não foi a polícia que me fez abrir a porta. Hoje pela manhã senti um súbito desejo de falar com Deus. Orei muito e de repente a senhora bateu, eu abri sentindo que era Deus que me dava essa força. Que mês horrível para todos nós, meu querido filho!

Você, escritora, ouvia papai com muita atenção, até que disse:

— Doutor Mascarenhas, sei que o senhor não sabe quem sou. Roberto estava desesperado e me procurou para pedir ajuda. Primeiro, quis que todos os estudantes do Brasil conhecessem o drama que envolveu sua família. Estou providenciando para que o relato de Roberto saia num livro, que se chamará *O estudante* e agora aqui estou a pedido de Roberto, pois ele quer que o senhor tire dona Lídia da casa de saúde, pois acha — como eu também — que o amor, o carinho e os cuidados de seu lar seriam de grande valor para o problema de sua senhora.

— Lídia, minha pobre Lídia, gelo e tremo só de pensar que no dia em que ela sarar terei de encarar seus belos e brilhantes olhos. Eu lhe tirei um dos maiores amores de sua vida, eu lhe tirei um filho. Eu lhe tirei meu querido Renato!

— Doutor Mascarenhas, na minha opinião (você, Adelaide, falava gravemente) o senhor não teve escolha. Pelo que eu soube, pelos jornais, pela TV, o senhor destruiu um traficante de drogas que ia matar Roberto. Roberto havia denunciado a quadrilha de traficantes de que Renato fazia parte. O senhor ia perder Roberto; iria ver Renato distribuindo drogas, ou melhor, vendendo drogas para muitas crianças de nossos colégios. Porque sei que nossa justiça é muito falha, com um bom advogado Renato sairia da prisão e talvez nem fosse condenado. Essas crianças que Renato viciaria, com o tempo se tornariam traficantes e viciariam outras crianças. O senhor já pensou quantas crianças salvou de vagarem pelo caminho sombrio das drogas e que chegariam até a loucura, como aconteceu com vários amigos

de Renato?! Doutor Mascarenhas, o senhor não perdeu Renato; o senhor salvou a alma de Renato. Agora, por favor, acredite que fez um grande bem aos nossos estudantes. Sei que está sofrendo, mas sofra dignamente, de cabeça erguida, não enfiado num quarto escuro, abandonando sua mulher doente, seu filho, filhinha, casa, negócios e tudo. Não seja covarde, doutor Rubens Lopes Mascarenhas: a justiça da terra já o considerou inocente e tenho absoluta certeza de que Deus, na Sua infinita bondade, já o perdoou.

Lembra, Adelaide, as lágrimas abundantes que desciam sem parar pela face cadavérica e esverdeada de meu pobre pai? Depois, você falou que poderíamos buscar mamãe. Papai disse:

— Amanhã irei falar com o médico. Veremos o que ele resolve.

Quis interrompê-lo e gritar que o médico não mandava na minha mãe. Você segurou minha mão e disse:

— Senhor Mascarenhas, Roberto me convidou para jantar; se o senhor permitir, nós o esperaremos lá no salão.

E PAPAI CHEGOU para o jantar, barba feita, cabelos bem penteados e de terno cinza-claro, camisa alvíssima e gravata cinza com bolinhas brancas. Só que o colarinho dançava, de tão largo no seu pescoço. Papai comeu com voraz apetite e fez mil agrados a Rosana, que na sua voz infantil, enroladinha, contava a papai que tinha um bicho dentro de casa.

— O bicho foi embora, minha filha, para nunca mais voltar.

No dia seguinte, fui com papai visitar mamãe. Como sempre, ela estava no mesmo lugar e não nos reconheceu. As enfermeiras a levaram para o almoço. Eu, como todas as visitas dos doentes, fui proibido de entrar no refeitório. Mas enquanto papai falava com o médico, dei a volta no casarão, subi em alguns móveis que estavam encostados bem perto do vitrô que dava para o salão de refeições e fiquei espiando os doentes. Uma copeira colocou o prato de mamãe, enfiou, brutalmente, uma colher em sua mão, deu-lhe um safanão e gritou:

— Vê se come e pare de encher o saco! Fica todo o tempo urinando e fazendo sujeira nas calças!

Mamãe ficou com a colher na mão trêmula e imóvel.

Todos acabaram de comer e minha pobre mãezinha foi arrastada da mesa e levada para o quarto sem ao menos alguém colocar uma colher de alimento em sua boca. Senti que a raiva me cegava e não sei como consegui me controlar. Tive ímpetos de invadir a clínica e esmurrar todo mundo. Desci dos móveis velhos e esperei papai resolver. Quando o vi sair em companhia do médico, corri para ele e fui logo perguntando:

— Vamos levar mamãe?

Papai passou um braço em torno de meus ombros dizendo:

— Roberto, meu filho, o doutor José está me dizendo que sua mãe não tem apresentado melhoras. Assinei uma ordem para que ele possa lhe aplicar fracos choques na cabeça. Ele tem segurança que com isso o cérebro de Lídia voltará a...

— Choques? O senhor enlouqueceu! Mamãe não é nenhuma insana; mamãe não perdeu a razão; ela está, isso sim, sendo maltratada dentro desta... desta miserável clínica.

— O que o leva a pensar assim, Roberto?

Contei a papai, olhando com raiva o médico. Este, sorrindo, disse:

— Sua mãe, meu jovem, está sendo alimentada por soro e vitaminas, já que não aceita alimentos naturais.

— Como não aceita, se ninguém lhe dá ou tenta lhe dar?

— Meu jovem, você não entende de doenças. É muito jovem para entender o estado de sua mãe. Com esses pequenos choques ela voltará ao normal no prazo de trinta dias.

Mordi o indicador dobrado para me controlar, pois a ideia de levar mamãe de qualquer maneira não me saía da mente.

— Escute, doutor, quando é que ela vai começar esses choques?

— Deixe-me ver... Bem, hoje é sábado; digamos, na próxima quarta-feira.

— Bem, se é para o bem dela... Então vamos, papai. Amanhã venho bem cedo, viu, doutor? Quero passar o dia com mamãe.

— Sempre que você quiser, meu jovem.

Papai estendeu a mão ao médico e ele sorriu:

— Está esquecendo do meu cheque, doutor Mascarenhas.

— Ah, desculpe-me, doutor José. Devo-lhe... bem, meu mano pagou todo esse mês, não?

— Pagou, mas como lhe disse, tudo subiu, remédios, alimentação, funcionários etc.

Arregalei os olhos, mas nada comentei, pois...

— Pois não, doutor José, aqui está o cheque.

O DOMINGO ESTAVA NUBLADO, frio e chuvoso. Cheguei na clínica e disse a Walter que poderia ficar pela cidade até as cinco horas da tarde quando acabavam as visitas. Dei-lhe um dinheiro para ele passar o dia e entrei na clínica, mas não fui ver mamãe. Fui para o grande parque atrás da clínica e passei um tempão analisando a melhor maneira de tirar mamãe dali. O terreno era em forte declive, cheio de altos e baixos, com muitas plantas. Encontrei um trilha limpinha e fui descendo por ela até dar de cara com um muro de mais ou menos dois metros. Parei no meio da chuva, que agora estava bem forte, e fiquei pensando, pensando, até que pulei o muro. Do outro lado era só mato baixo. Andei por ali amassando tudo e senti que o terreno era seguro para a entrada de uma caminhonete. Tudo certo, pulei de alegria, deitei no mato de braços abertos, gritando e rindo:

— Tudo azul, querida mamãe. Segunda-feira à noite você sairá desta maldita clínica.

Escancarei a boca para a água entrar e brinquei com a chuva na minha garganta, engoli a água da chuva, chuva que vinha do céu onde estava meu bom Deus, que me ajudaria a levar a minha mãe dali.

De volta à clinica, entrei pela frente e, molhado como um pinto, tratei de mamãe. À tarde, quando a chuva havia passado, pedi para me deixarem levar mamãe numa cadeira de rodas em volta da clínica. Meu coração ficava tão pequeno, tão murcho quando olhava para as pernas magrinhas de minha mãe, que apareciam pela horrível saia de um pano grosseiro meio encardido. Alisei-lhe os cabelos e lhe disse baixinho ao ouvido:

— Mamãe, juro que dou a minha vida, se daqui a algum tempo a senhora não estiver uma bolinha de gorda.

As lágrimas caíam de meus olhos e molhavam a querida mamãe, que continuava sem o mínimo movimento.

ENCONTREI WALTER, meu bom amigo, que até hoje é nosso chofer, e pela estrada de volta a São Paulo lhe disse:

— Walter, amanhã quero visitar mamãe só à tarde e quero que você venha com a *pickup.*

— O que há, menino Roberto? Enjoou do Mercedes?

— É, talvez...

QUANDO CHEGAMOS, procurei papai e meu coração se abriu em lampejos dourados quando o vi trabalhando no seu escritório com o rosto tão magro, mas irradiando aquela confiança que vislumbrei durante toda a minha vida.

— Incomodo?

— Nunca, meu filho.

— A bênção, papai.

— Deus te abençoe, filho.

— Papai, gostaria de lhe pedir uma coisa.

Ele parou de escrever e com as duas mãos apoiadas na mesa, ficou sorrindo:

— Diga, filho.

— Papai, quero usar a suíte, ou melhor, o quarto de Renato.

— Bem, se você quer, é seu.

— Obrigado, amigão!

Papai riu:

— Quer dizer que agora sou o amigão?

— Agora e eternamente.

Chamei a arrumadeira:

— Irene, amanhã quero essa suíte superlimpa. Mande a governanta comprar vinte dúzias de rosas, de preferência amarelas, coloque os maiores vasos, por todos os lados. Passe bem o aspirador, não quero um cisco no chão. Lave as cortinas.

— Mas, se chover...

— Ora, Irene, temos máquina de secar, não temos? Temos duas lavadeiras, não temos?

— É. Temos.

DORMI COMO UM ANJO e apertei os lábios quando vi o dia feio e nublado. Mas, ao lembrar-me de que seria esse dia feio o mais feliz de minha vida, levantei cantando, brinquei com os cachorrinhos e passei a manhã com Rosana, que estava uma gracinha. À tarde, rumei com a *pickup* para Campinas. Já na clínica, pedi ao Walter que deixasse o carro comigo e voltasse para São Paulo de ônibus. Ele assentiu. Assim que o vi desaparecer, senti o coração bater meio descompassado e então lembrei-me de algumas palavras de mamãe quando quis resolver não me lembro bem o que, e ela disse:

— Tudo bem, Roberto. O homem aqui, já que seu pai está viajando, é você; sei que resolverá com sabedoria.

"O homem é você." A lembrança encheu-me de coragem e segui, sentindo-me forte e seguro, com o carro para os fundos da clínica. Estacionei bem perto do muro, apanhei as cordas e a capa de chuva de mamãe, pulei o muro, cautelosamente subi a trilha cercada de mato e lá escondi a corda e a capa. Sorrateiramente, fui até onde estavam as cadeiras de rodas e puxei uma em direção do corredor. Como sempre nos dias de chuva e sol, os doentes estavam sozinhos, os funcionários riam e conversavam na copa perto da cozinha que ficava bem distante dos quartos. Tudo lá estava muito escuro, pois já anoitecia em meio a uma forte tempestade. Eu era um homem. Empurrei a cadeira de rodas para o quarto bem junto à cama de mamãe, ante o olhar de outros doentes que passivamente miravam-me com um sorriso meio idiota. Não foi difícil colocar mamãe na cadeira de rodas, pois já estava acostumado com isso. Abri a porta e espiei para os lados: ninguém. Rapidamente empurrei a cadeira e lancei-me em direção à saída. Gelei quando vi um jovem bem-vestido que, vindo em minha direção, perguntou:

— Por favor, onde está o doutor José?

— Lá no fundo.

— Sou o novo médico. Você está tão pálido! Algum problema?

— Não, não, vou levar mamãe ao banheiro.

— Ah! Então devo seguir por esse corredor?

— Exatamente.

O médico andava para lá e eu corria para cá. Desci os quatro degraus da entrada da clínica com mamãe se desequilibrando na cadeira, mas segurei-a firme pela blusa e contornei correndo o jardim e me enfiei atrás das árvores, no fundo da clínica. Chovia a cântaros e trovões retumbantes sacudiam a terra e raios cortavam o céu em todas as direções. Deixei a cadeira debaixo de uma árvore e corri para buscar a capa de chuva, com a qual cobri mamãe que, com os belos olhos azuis, fixava aquele maldito nada. Coloquei a corda no colo da mamãe e empurrei a cadeira em direção da trilha, passando inúmeras vezes a mão pelos olhos, pois a chuva forte quase me cegava.

Agora a trilha encharcada pela chuva estava mole e escorregadia, puxando-me com força para baixo. Estava vendo que mamãe ia cair. Mais para a frente, parei enviesado no mato e amarrei mamãe. Comecei a descer, agora bem devagar, mas nem assim consegui controlar a cadeira naquela lama que parecia sabão derretido. Procurei andar pelo meio do mato; mas as rodas se enroscavam nas plantas. Tentei descer de costas puxando devagar a cadeira, mas de repente ela deslizou com tanta força por cima de mim que perdi o equilíbrio e caí com a cadeira e mamãe passou por cima de mim, rolando pelo mato. Gritei: "Deus, Deus, Deus me ajude!" A cadeira virada de lado parou apoiada em um tronco apodrecido e vi que o nariz de mamãe sangrava um pouco. Fiquei aterrado, deitei-me no chão e coloquei o ouvido no coração de mamãe que batia normalmente. Desamarrei-a e abraçando-a fortemente com os dois braços arrastei-a em direção ao muro, que ainda estava longe. Puxa, como estava fraca e como pesava a minha pobre mãe! Mas não podia desistir por nada deste mundo. Arrastando-a naquela posição, vi que seus calcanhares se esfolavam. Parei, sem fôlego, e com a ponta da minha camisa limpei o nariz de mamãe. Sentia as pernas bambas, mas só de pensar que alguém pudesse já ter descoberto a falta de mamãe, dava-me forças para prosseguir. Enfiei um braço debaixo das costas e o outro debaixo dos joelhos de mamãe e com ela no meu colo sentei-me no meio da trilha e fui escorregando por cima de pedras e de pedaços de pau que me cortavam as nádegas numa dor medonha que fazia as lágrimas pingarem sem parar de meus olhos. Quando senti os pés baterem no muro, caí para trás com o peso de mamãe por cima de mim e respirava tão forte de boca aberta que pensei que lá em cima da clínica dava para ouvir. Então, sentei rápido. Afastei mamãe com cuidado e, desesperado, fiquei olhando o muro que parecia tão alto que alcançava o céu. "Meu Deus! O que farei?" Olhei mamãe que não se mexia mas tinha os olhos fechados e respirava vagarosamente. Parecia calma, talvez sentindo que estava saindo daquele inferno. Esse pensamento me trouxe o que para mim parecia uma brilhante ideia. Agarrando-me nos tufos de mato, arrastei-me cheio de dor até onde estava a corda e, enrolando-a na minha mão, vim me jogando de uma árvore para outra até junto de mamãe.

A chuva continuava forte, agora acompanhada de um vendaval que parecia que ia nos levantar pelos ares e nos jogar para o outro lado do muro. Ah! Que bom se isso acontecesse! Amarrei a corda debaixo dos braços de mamãe e subi no muro. Puxa, tinha esquecido de olhar em que direção estava a caminhonete e muito feliz fiquei quando vi que ela estava bem ali onde nós estávamos. E agora? Onde estava a corda? Pulei o muro e abaixei, alisei os cabelos de mamãe e lhe disse baixinho, beijando-a por todo o rosto molhado:

— Mamãezinha, me ajude por favor. Olhe: vou lá em cima do muro e vou puxar a senhora bem devagar. Não se preocupe que, se Deus quiser, sairá tudo bem.

Levantei mamãe e com um tremendo esforço apoiei-a no muro. Amarrei a corda na cintura e subi no muro. Novamente sentando-me de pernas abertas comecei a puxar a corda. Então, senti que não conseguia, meus braços perderam as forças, pareciam mortos. Fiz um tremendo esforço e consegui suspendê-la um pouco. Mas, Deus, como ela pesava! Não aguentei. Devagar desci a corda mas, horrorizado, vi que mamãe caíra deitada. Desci do muro, pus a mão sobre seu coração e ele batia igual, bem igual. Meu Pai do céu! E se eu matasse mamãe? Pensei em chamar o pessoal na clínica, mas quando me lembrei que ela iria receber choques e ter aquele triste tratamento, tentei tudo de novo. Suspendi-a meio metro, com todas as minhas forças, sentindo que os pulmões pareciam que iam arrebentar, mas puxei, eu puxava a corda, e já via a cabeça de mamãe na minha perna quando senti uma forte dor nas costas e a cabeça girando, girando. Tentei gritar mas, apavorado, senti que tinha perdido a voz. Rezei, rezei para todos os santos que me lembrava no momento e pedi para que eles me dessem forças para eu não soltar mamãe, pois eu queria tanto levá-la para casa. Meu rosto, coberto de suor e chuva, que não me deixavam abrir os olhos — e, de repente, um estrondo, um raio, meus olhos se arregalaram e no meio de uma espécie de nevoeiro vi o rosto... o rosto. Meus soluços eram como raios.

— Walter... Oh! Walter, Walter.

As lágrimas não paravam. Walter passou a mão pela minha cabeça:

— Dê-me a corda, menino Roberto. Pule para dentro e tente segurar dona Lídia pelas pernas.

Mamãe em cima do muro amparada pelo nosso querido chofer. Eu, já meio recuperado, pulei o muro e juntos colocamos mamãe na parte de trás do carro, em cima do colchonete que eu havia providenciado. Arranquei a capa e a cobri com os cobertores que também não havia esquecido.

— Tire essa camisa molhada e vista meu pulôver... Não vai dizer, menino Roberto, que desmaiou...

— Walter, diga só Roberto, por favor. Pois de hoje em diante, você será meu irmão.

Ele me abraçou com os olhos úmidos.

— Então, Roberto, deite-se aí com sua mãe e cubra-se bem, parece que vem gente, estou vendo focos de lanternas pelo parque da clínica.

ACORDEI EM SÃO PAULO, com Walter me sacudindo levemente:

— Chegamos, Roberto.

Quase gritei de alegria e, olhando mamãe que dormia, disse--lhe alto:

— Dona Lídia, a senhora está em sua casa.

Walter levou mamãe para a suíte de Renato, enquanto eu ordenava à empregada que vestisse um pijama bem quente em mamãe.

— Santo Deus, senhor Roberto! O que aconteceu? O senhor está sangrando, sangrando aí... aí...

— No bumbum, Carmem, não se preocupe. Cuide de minha mãe, por favor.

Quando ela já estava bem longe, corri para ela e a segurei por um braço:

— Credo, senhor Roberto! Que susto!

— Carmem, como se faz mingau de aveia?

Ela explicou. Eu fiz. Mamãe, encostada nos grandes travesseiros de lindo bordado a mão com lindas flores coloridas, ia engolindo devagar as colheradas de mingau que eu ia lhe dando.

— Abra a boquinha, vamos mamãe... Isso... engula tudo... mais uma, outra, mais outra. Está vendo? O prato ficou limpinho, limpinho... Viu, mamãe? Você comeu tudo. Puxa, como estava com fome! Agora...

Não conseguia mais falar, caí de bruços nas pernas de minha mãe e chorei descontroladamente. Ouvi Walter dizer a Carmem:

— Deixe-o chorar, ele sofreu muito. Hoje ele praticou uma ação que a meu ver foi a maior dedicação de amor que um filho pode ofe-recer a sua mãe.

Walter e Carmem se foram, algum tempo depois senti-me mais calmo, acomodei mamãe, aconcheguei-a aos cobertores, tirei seus cabelos da testa e segurando sua mão pálida, esquelética e fria, fui alisando-a vagarosamente.

— Durma, mamãe. Sabe, você está na cama de Renato, ele está perto de Jesus olhando por você. Durma mamãe, durma.

Ela dormiu, dormiu sem tranquilizante. Valsei pelo quarto. Ganhara o primeiro *round*.

AGORA ERA falar com papai. Entrei devagarzinho em seu quarto. Ele dormia. Saí quietinho e no corredor corri para atender o telefone. Era da clínica, chamando papai com urgência. Prometi acordar papai e dar-lhe o recado. Mas não o fiz.

TOMEI BANHO, passei um remédio nas esfoladuras e pulei do ardimento que se alastrou por tudo. Triunfo! A chuva da noite lavou o céu que amanheceu uma turquesa. Que sol! Ele entrou no quarto assim que descerrei a cortina e incidiu sobre mamãe, que ainda dormia. Deixei o sol em cima dela, pois sabia quanto ela o amava. Agora era enfrentar papai.

Sabia que o encontraria no escritório. Entrei sem bater. O seu olhar meio perplexo, que às vezes ainda se perdia no além, de repente voltou ao normal, assim que me viu. Coitado do papai! Como ele se esforçava para esquecer tudo! Tudo ainda estava tão próximo de nós, mas ele iria conseguir. Iria se conscientizar de que não poderia ter sido de outro jeito. Deus lhe daria esta compreensão.

— Papai...

— Sim, filho.

— Adivinha quem está dormindo no quarto de Renato?

Sorri.

— Não faço a mínima ideia.

— O senhor não se incomodaria de deixar por alguns minutos o seu trabalho e dar uma olhadinha?

Ele foi, arregalou os olhos e sorriu:

— Lídia! Lídia, meu bem, minha querida!

Papai ajoelhado no chão e abraçando mamãe. Depois:

— Mas, o que aconteceu?

— Perdoe-me, papai, mas eu não poderia deixá-la tão longe de nós. Aqui é o seu lar e aqui ela vai se curar sem precisar de choques, tranquilizantes e sem precisar passar fome. Oh, papai! Espero que o senhor compreenda e me ajude.

Papai pegou meu rosto entre as suas mãos e beijou minha testa, dizendo:

— Me orgulho de você, Roberto, mas não a deixe sem tratamento médico.

— Eu serei o médico, papai, e agora você e mamãe vão tomar juntos o que pedi para Zefa preparar.

ENQUANTO PAPAI, sorrindo, comia a gostosa refeição, eu dava colheradas de ovos quentes a mamãe. Ela comeu dois e tomou um copo de suco de frutas que também lhe dei com a colher. Papai ligou para a clínica e explicou tudo e mandou o dinheiro para pagar a cadeira de rodas quebrada.

NAQUELA MANHÃ, meu bom amigo Walter, que começava a me chamar de irmão, escandalizando os empregados, levou mamãe nos braços para o jardim, e, eu de um lado e ele de outro, fizemos mamãe dar alguns passos. Suas pernas não conseguiam se mexer ou se firmar, mas eu, abaixado enquanto Walter a segurava, puxava primeiro a perna direita para a frente, depois a perna esquerda e assim sucessivamente, por uns quinze minutos. Mamãe cansava. Aí, a sentamos na espreguiçadeira e pedi a Walter para mandar a cozinheira amassar bananas com aveia e mel. Mamãe comeu tudo. Algum tempo depois tentamos fazê-la andar por mais alguns minutos. Na hora do almoço, sopa de legumes com muita carne passada no liquidificador, mais maçã assada com duas colheradas de mel e depois mamãe dormiu até as dezesseis horas. Acordou, tomou leite com bolachas que eu umedecia e punha em sua boca e novamente passamos a tarde no jardim, desta vez com Rosana, que não cansava de agradar mamãe e perguntar:

— Mamã agora é nenezinho? Mamã não sabe mais falar?

— Mamãe está doente, Rose, mas logo ficará boa.

À noite, depois de eu lhe ter dado sopa e Rosana pedacinhos de chocolate, fiquei contando casos acontecidos na nossa infância, sempre comentando mais os de que Renato havia participado, na parte azul de nossa infância. Papai também fazia parte de nosso sarau. Assim se passaram os dias, os meses e um ano.

Mamãe, que chegara da clínica com quarenta quilos, estava com 53 e tão linda que, às vezes, ficava de boca aberta fixando toda aquela beleza sem a gente entender por que ela não voltava ao nosso mundo.

— Por que o subconsciente dela não sai daquela confusão, Deus? Por favor, ajude-nos. Por favor!

UM DIA, papai me chamou.

— Roberto, já é tempo de você estudar.

— Só quando mamãe estiver curada.

— Mas, meu filho...

— Ela vai ficar boa, papai. Por favor tire isso da sua mente. Eu confio em Deus e no organismo de mamãe. Puxa, pai, o senhor não acha que ela progrediu tanto esse ano? Engordou, anda e dorme tão bem, sem precisar de tranquilizantes. Pai, por favor, confie em mim. É preciso só uma coisa, uma pequenina coisa, para ela nos reconhecer e voltar a ser a mulher, esposa e a mãe querida, só uma pequenina coisa, que desconhecemos, mas vai acontecer...

SE SOUBESSE, cara mestra, a grande, enorme, imensa e dolorosa coisa que fez... Bem, deixe seguir minha ideia, se não me embanano todo. Desculpe a gíria, mas vamos lá.

ENQUANTO FALAVA com papai e ele me aconselhava que deveríamos levar mamãe para Nova York, ou para a Suíça, eu falava:

— Mas para que ir tão longe? Mamãe tem o Brasil, onde toda a alimentação é natural e o clima maravilhoso.

— É tudo maravilhoso, lindo, encantador, mas minha irmã continua esquizofrênica.

Titia entrou vermelha como um peru e gritou de nervosa:

— Como pode você, Rubens, um empresário conceituado, deixar Lídia aos cuidados de um jovem que acabou de completar 16 anos? Você deve estar louco, neurótico, sei lá o quê. Lídia precisa ser internada e deve ser na mesma clínica de onde esse sabe-tudo a raptou com o seu consentimento. Lídia precisa do tratamento que havíamos combinado quando você, Rubens, a abandonou e se trancou no quarto daquele viciado que queria que outras crianças e jovens fossem iguais a ele, um drogado. Imagina se ele merecia alguma consideração depois de jogar a mãe neste mundo escuro, neste tétrico buraco sem luz!... Eu combinei com o resto da família — de nossa parte, naturalmente —, que Lídia faria o tratamento com choques junto com psicoterapia, que aumenta a confiança do paciente e o faz compreender seus problemas.

Papai, com a sua costumeira calma, disse sério, com voz pausada:

— Laura, em primeiro lugar, você não deve andar com todos esses brilhantes faiscando por aí. Há ladrões por todos os lados. Em segundo lugar, se Lídia está, como você diz, esquizofrênica, o que significa uma perda do contato com o mundo exterior, como é que os médicos iriam fazê-la compreender seus problemas? Responda-me, Laura.

Titia pensou um pouco e, por fim, disse:

— Sei lá! Eles dariam um jeito.

— Pois bem, Laura. Confiei no meu filho entregando-lhe a mãe, porque ele me fez compreender que todos os jovens têm sonhos, e o que mais desejam se torna realidade. E a cura de Lídia será uma realidade, pois, como meu Roberto me explicou — e eu acredito nele —, o caso de Lídia não é neurose nem esquizofrenia, mas, sim, colapso nervoso.

— É neurose e ela tem de ser tratada por um psiquiatra.

— Discordo, titia. Conheço muitos neuróticos que se curaram com boa alimentação, carinho, amor, tranquilidade e por estarem sempre junto de pessoas que os animem. Você viu, tia Laura, o estado em que mamãe se encontrava lá na clínica: completamente abandonada. E para ser franco, nem as calcinhas sujas de fezes eram trocadas. Mamãe fedia a metros de distância.

— Fedia, mas hoje poderia estar curada se você não tivesse querido bancar o herói, o super-homem.

Mordi os lábios com força. Papai retrucou logo:

— Lídia é nossa família e só a nós cabe decidir o que será bom para ela.

Titia volveu, furiosa:

— Mas, como irmã, tenho o direito de exigir perante a lei que ela seja internada já que está na mão de dois sonhadores. Comida, amor e carinho curam loucura? Ora!...

Titia saiu arrastando os sapatos de altíssimos saltos, gritando:

— Se eu não vir minha irmã curada dentro de três meses, vou processá-los. Pro-ces-sá-los!

Papai sorriu:

— Laura sempre foi assim: estourada e sem paciência. Depois que casou com o tal conde Alfred Sanley, ninguém a aguenta mais. Mas, às vezes, fico pensando na Suíça.

— Esqueça a Suíça, papai, e pense em Deus, tá? Ah, papai! Há dias que estou para consultá-lo: o senhor permite que matricule Rosana no Rio Negro? Lembre-se que ela está com 3 anos e é tremendamente levada, um verdadeiro diabinho.

— Meu filho, você poderá matriculá-la, mas não no Rio Negro. Quero para minha filha, que é tão inteligente, o melhor colégio infantil de São Paulo, o Pequeno Rei.

Ri, dizendo:

— Vá me dando cheques bem polpudos, hein, papai, pois aquele colégio é caríssimo e cheio de não me toques, não me reles. Ouvi dizer que as crianças do Pequeno Rei são tremendamente selecionadas.

— Pois é por isso mesmo que a escolhi para o meu bebê. Rosana irá se sentir feliz num meio aristocrático.

NAQUELA NOITE, depois de ajeitar mamãe e fazê-la dormir, fui me deitar. Ah, esqueci de dizer que dormia em outra cama, que mandara colocar bem perto da de Renato que, como já disse, era ocupada por mamãe. Nesta noite, puxei a cama para longe, pois pretendia ler alguma coisa sobre a mente humana e a luz da cabeceira poderia incomodá-la. Li, apaguei a luz e, só deixando a lâmpada azul — que trazia uma penumbra calmante para a gente —, virei de lado e peguei logo no sono. De repente, acordei e fiquei de costas. Atordoado, vi uma pessoa parada na beira da cama me fitando.

— Mamãe? É você, mamãe?

Silêncio.

Sentei-me e sacudindo a cabeça para afugentar o sono, acendi a luz e meu coração disparou a mil por segundo fazendo-me até perder a voz. Era mamãe! Mamãe, que já há mais de um ano não dava um passo sozinha, tinha atravessado o quarto e estava ali parada, ali parada me olhando. Não consegui conter as lágrimas e, soluçando de alegria, ajoelhei-me na cama e abracei-a, beijando-a por todo o rosto. Depois encarei os seus lindos olhos azuis e vi que eles se moviam.

— Mamãe — gritei estourando de alegria —, você mexeu os olhos!

E, sem poder conter-me, saí correndo para o quarto de papai, pulei em cima dele, sacudindo-o e gritando:

— Papai, papai, acorde!

Papai sentou-se esfregando os olhos assustado. Perguntou:

— Que foi, filho? A casa está pegando fogo? São ladrões? Os traficantes vieram nos matar?

— Oh, paizinho, desculpe-me por assustá-lo, mas é que mamãe andou, mexeu os olhos. Venha ver, venha papai, corra!

Nós dois correndo pelos corredores de nossa imensa casa com a empregada, perguntando:

— O que aconteceu, o que aconteceu, Doutor Rubens? Ladrões? Quer que chame a polícia?

— Nada disso, Carmem. Foi um anjo que desceu do céu. Venha, corra!

Nós três corremos, entramos no quarto de Renato e paramos, pasmados. Mamãe tinha ligado o botão que fazia a orquestra dos anjinhos de Renato se movimentar e com um meio sorriso nos lábios, permanecia imóvel. Papai e eu abraçados, chorando. Algum tempo depois, ela se virou e passou por nós como uma sonâmbula sem nos reconhecer, foi até a cama e ante o olhar perplexo de Carmem deitou, se cobriu, fechou os olhos e adormeceu.

Meu segundo *round*. Não dormimos mais. Ficamos o resto da noite olhando mamãe. Mesmo sem dormir, saí do quarto alegre, bem-disposto e, cantando, corri para o parque verde, lindo e florido e chamei os cães:

— Bolão, Tuli, Toga e Florzinha, hoje vocês poderão voltar a brincar deste lado do jardim, porque a dona Lídia está ficando curadinha. Estão ouvindo? Cu-ra-di-nha.

O PEQUENO REI

JAMAIS ME ESQUECI daquela colorida manhã quando a babá de Rosana a trouxe para junto de papai e eu, que a aguardávamos sentados num banco de pedra debaixo das touceiras das magnólias floridas. E Rosa chegou retratando no seu rostinho encantador uma expressão precoce.

— Então, estou pronta! Que lindo vestido, vocês não acham?

Papai sorriu.

— O vestido é tão lindo que parece feito para uma princesa. É todo bordado à mão, não é Dalva?

Papai falando em bordado... puxa, entendia de tudo!

Rosaninha, vejo-a como se estivesse aqui na minha frente: a silhueta infantil, no imenso gramado rodeado de plantas floridas dançando, ou melhor, rodopiando e gritando.

— Sou uma princesa, sou uma princesa!

Rimos todos e eu peguei nos braços minha encantadora irmãzinha. Abraçando-a, disse a papai:

— O senhor já reparou na extraordinária beleza dessa pirralhinha?

— E quem não repararia? Dia após dia ela se torna mais bonita.

— Mas muito levadinha e birrenta — dizia Dalva, rindo.

O rostinho se transformou e ficamos admirados quando Rosana se torceu toda para sair do meu colo e chegando em frente da babá lhe disse, dedo em riste:

— Você não manda em mim. Você é uma empregada, está aqui para me obedecer. Sou uma Lopes Mascarenhas. Odeio você e odeio a cozinheira.

E virando para papai:

— Papai, Dalva me beliscou e me sacudiu. Eu não gosto dela.

— Oh, senhor Rubens — exclamou a babá. — Nunca fiz isso!

A voz que era um sopro:

— Não sei como Rosaninha está dizendo uma coisa dessas. Juro por Deus, pela alma de minha mãe, que trato dela com todo carinho e respeito.

— Está bem, Dalva — disse papai na sua costumeira calma. — Assim que voltarmos, trataremos desse assunto. Agora, por favor, chame o Walter.

Sentamos no banco de trás com Rosana no meio. Ela só se preocupava em ajeitar o lindo vestido azul de organdi, todo bordado de renda e miosótis coloridos, com um grande laço de fita de cetim contornando-lhe a cintura. Sapatinho azul com fivelas de pedrinhas feitas pelo nosso sapateiro e meias rendadas da cor do sapatinho. Brinquinhos e anelzinho de brilhantes. Sorrindo, entramos no Pequeno Rei. E naquele luxo todo, Rosana sobressaía como uma verdadeira princesinha.

Enquanto esperávamos o diretor, papai discutia o gênio de Rosana. Não entendia por que ela era tão agressiva com os empregados e toda delicada com pessoas ricas. E como ela odiava pessoas negras!

— Ora, papai, Rosana é tão pequena! Com o tempo seu gênio se modificará. Ela será meiga com todos, o senhor verá.

O diretor entrou. Sentou-se na grande escrivaninha e amavelmente disse a papai:

— Doutor Mascarenhas, as portas de nosso colégio estão abertas para receber sua filhinha. Onde ela está?

Sorrindo, papai passou a mão pela cabeça de Rosana. Os olhos do diretor se arregalaram.

— Essa é a sua filha?!

— Sim. Por que se assustou?

— Bem... é que as regras desse colégio são tremendamente rígidas e não aceitamos crianças negras. Digamos... mulatas.

Estremeço até agora só da lembrança do rosto de meu pai. Branco como um defunto, levantou-se e, descontrolado, num ímpeto, deu um murro no rosto do diretor, acertando o nariz, de onde esguichou sangue.

Minha cabeça e a de papai voltaram-se para o diretor e a do diretor para papai.

Levantei-me, ajudei o diretor a limpar o nariz e disse:

— O senhor foi muito rude, senhor diretor. Nunca deveria ter dito isso perto de uma criança que... bem... Rosana, vá lá na sala com Walter.

Quando Rosana saiu, voltei a falar.

— Nunca se discute problemas desse tipo na frente de uma criança. Rosana é uma criança muito inteligente e o que o senhor acabou de falar talvez já tenha aberto em seu coração uma pequena ferida que se enraizará com o tempo, trazendo funestos prejuízos para o seu futuro. Francamente, senhor diretor, não vejo onde o senhor foi ver pele escura em minha irmã.

— Qualquer um vê que a criança é descendente de negros, senhores. E depois, o colégio não me pertence, somos vários sócios. Peço que me desculpem, mas a regra do Pequeno Rei é essa: só brancos.

Papai se levantou. Como o admirei naquele momento! Alto, ereto, cheio de orgulho com os olhos faiscando de raiva, ele se erguia em defesa de nossos negros e naquele instante voltou a ser o doutor Rubens Roberto Mascarenhas. Ele falava naquela voz alta e autoritária como quando enfrentou a quadrilha de viciados e traficantes de drogas:

— "Só brancos." Como um colégio conceituado como este pode desrespeitar a Lei Afonso Arinos, que estipula que no Brasil é um crime a segregação racial? Então, dentro de nosso Brasil tem um lugar racista, um lugar que quer dar cultura somente a crianças brancas?! Em nome dessas crianças, vou até as barras dos tribunais buscar justiça. Minha filha, negra ou branca, irá estudar aqui, nem que para isso eu tenha de levar o caso ao próprio presidente da República. Nossas crianças, ricas ou pobres, negras ou brancas, têm que se amar umas às outras, para no futuro, já adultas, se olharem como iguais, esquecendo a cor e cumprirem seus deveres de cidadãos brasileiros. Como, senhor diretor, este colégio, então, vai ensinar às crianças brasileiras que seus irmãos brasileiros negros devem se sentir inferiores? Não, mil vezes não! Aqui não é Estados Unidos, aqui é Brasil, aqui somos todos irmãos.

— Agora, meu caro senhor, peço-lhe o obséquio, faça a matrícula de minha filha. Já que a considera negra, então quero poder e justiça para ela.

O diretor, apesar de parecer meio desconcertado, olhou para papai com uma expressão de escárnio, de zombaria e num meio sorriso disse:

— Nosso colégio tem leis próprias. Só brancos.

Os olhos de papai fuzilaram e apertando os lábios fixavam o diretor num infinito desprezo e disse:

— Veremos, veremos.

PAPAI EMBARCOU para Brasília nesta tarde, e, à noite, telefonou-me dizendo que seria recebido pelo presidente da República no dia seguinte.

PAPAI NEM havia chegado da capital federal e já havíamos recebido um telefonema do Pequeno Rei: nossa Rosana seria admitida no quadro de alunas.

Chamei Rosana. Ela, como sempre, falava pelos cotovelos e não me dava chance de entrar no assunto.

— Sabe, Bebeto (era como me chamava), os cachorros pularam na mamãe e lamberam todo o rosto dela. Mamãe gostou, sabe? Bebeto, eu quero ir com o Walter comprar um urso bem grande. Verinha, a filha de nossa vizinha, ganhou um e eu também quero. Banana que fico para trás, foi isso que falei para Verinha. Você quer falar comigo? Então, mande Dalva ficar longe de mim.

Fez beicinho:

— Manda ou não manda, Bebeto?

Nem precisei mandar, pois Dalva entendeu a minha piscadinha e saiu do salão.

— Dalva se foi. Agora, Rosana, sente-se aí bem quietinha e vamos conversar.

Mas Rosana estava mais travessa do que nos outros dias e não atendeu ao meu pedido. Rindo, disse:

— Viva! Estou livre da Dalva, agora vamos brincar. — E começou a divertir-se em virar o salão de pernas para o ar e cada vez que conseguia virar uma cadeira ou uma coisa mais pesada, dava gritinhos de alegria.

Eu a olhava sem parar, aquela linda e adorável criança. Então, reparei que realmente a pele de Rosana estava se tornando mais escura e os cabelos, que eram tão lisinhos, estavam agora anelados em pequenos caracóis.

Seria Rosa filha de negros?! Penso que só o pai ou a mãe; os dois não. Se fosse assim Rosana teria a cor negra e os cabelos encarapinhados.

— Venha cá, Rosana.

Ela, pulando, chegou perto. Peguei-a no colo.

— Deixe-me abotoar seu vestidinho.

— Então me põe no chão, senão como é que você vai abotoar meu vestido nas costas?

— Êta menininha sabida!

As costinhas de Rosana à mostra e eu olhando intrigado a mancha avermelhada em forma de coração perto de seu ombro.

Fiquei admirado de ver a perfeição daquela mancha. Não entendia.

Como não a havia visto antes, ou melhor, achava que esse coraçãozinho não existia, mesmo porque Rosana nadava comigo todos os dias, ou eu era deveras distraído ou... Toquei o interfone no salão dos empregados e pedi a presença de Dalva.

Falei-lhe sobre o coraçãozinho.

— Ah, seu Roberto, esse coraçãozinho está nascendo.

— Como "nascendo", se está aí grande e rubro?!

— Rubro?

— É, vermelho.

— Então, ele era bem claro, nem dava para ver, agora ficou assim.

— Interessante.

— Eu quero ver o meu coraçãozinho, Bebeto.

Foi um custo dar aquele jeitinho para Rosana ver o coração em suas costas. Espelhos pra lá e pra cá, até que ela pulou alegre:

— Eu vi, eu vi, vou mostrar para mamãe Lídia.

— Ponha o vestido, Rosana.

Dalva correndo atrás daquele diabinho que corria mais do que o vento e eu na janela rindo dos apuros da babá. De repente, emudeci: nosso parque cheio de repórteres, fotógrafos e TV, todos fotografando, televisionando e questionando Rosana, enquanto Walter, cuidadosamente, levava mamãe para um dos carros que estavam por perto e desaparecia na alameda que seguia para trás da casa.

Saí como um foguete e chegando junto ao pessoal da imprensa, pedi a Dalva que retirasse a criança do local. Nervosamente, eu perguntava aos repórteres como se atreviam a pular os muros de nossa mansão. E mais espantado fiquei quando vi que, de repente, falava sozinho, pois eles corriam carregando máquinas e tudo em direção ao Mercedes reluzente de papai, que brecou e saiu do carro. Meio aborrecido por eles terem entrado no parque sem autorização, foi respondendo às perguntas e fiquei admirado de papai estar respondendo tudo normalmente: sempre dizia que não mais seria capaz de ficar na frente de um jornalista, pois no caso de meu irmão Renato, a imprensa não largou papai por um momento. Espremeram-no como se espreme a um limão, deixando-o muito abalado. Mas agora — oh, querido papai! —, para defender nossos irmãos negros, ele se levantara rígido e belo e falava.

— Sim, fui até o nosso presidente e consegui que ele em pessoa ligasse para o Pequeno Rei e desse ordens para que fosse admitida qualquer criança negra quando os pais dessas mesmas crianças tivessem recursos para custear os seus estudos. Na minha opinião é uma barbaridade, incrível, selvagem, que ainda existam pessoas que querem nossos negros excluídos da sociedade. É preciso remediar urgentemente essa chaga sangrenta que ainda paira sobre nossos negros. É preciso que isso cesse. É simplesmente um absurdo você chegar em uma escola e ver seu filho humilhado por causa da cor. O mais imperdoável é que existe no Brasil um racismo oculto. Os nossos governantes devem tomar providências.

O rosto de papai, oculto pelos inúmeros microfones, e sua voz se elevando cada vez mais forte.

— Doutor Mascarenhas, o senhor tem empregados negros?

— Temos. A cozinheira, os quatro seguranças da noite e nossos porteiros.

Papai falou por mais algum tempo e, como sempre, a imprensa desapareceu em um zás-trás, os repórteres corriam para as redações.

Papai estava felicíssimo pela vitória e contou da revolta do presidente da República, que prometeu tomar sérias providências nesse sentido.

Na hora do jantar comentei com papai a precocidade de Rosana.

— Papai, Rosana nem parece que vai fazer, no próximo dia 20, 4 anos. Às vezes fico admirado de seu comportamento e das coisas que ela diz. Será que quando Renato a encontrou lá naquele Pronto-Socorro ela não teria um ou dois anos e aparentava menos por ser desnutrida? Lembra, papai? Rosaninha era só pele e osso e naquele estado poderia enganar muito.

E papai quedou, por um momento, pensativo, e em seguida disse meio triste:

— Como Renato era feliz naquele tempo!

— Papai...

— Oh! Desculpe, filho. Eu também acho Rosana muito crescida e muito inteligente. Nossa Rosana é um pequeno gênio. Você verá como ela se sairá bem no colégio. Tenho certeza de que se sobreporá a todos os outros alunos. Olhe, ali vem ela.

Com Rosana chegava luz, vida, alegria, ela pulava e ria. Depois, parou perto de sua cadeira e disse:

— Bebeto, os cavalheiros devem puxar a cadeira para as damas sentarem.

Papai riu, enquanto eu afastava a cadeira e a ajudava a sentar, perguntando:

— E quem lhe falou isso?

— Verinha. Ela disse que na mansão dela tem um empregado atrás da cadeira de cada pessoa para servi-los. Por que nós não temos, hein, papai?

— Porque Deus nos deu braços, pernas e inteligência para fazermos tudo sozinhos.

— Então Deus tirou a inteligência de mamãe?

Olhei para papai e ele compreendeu que realmente Rosana era um prodígio. Respostas prontas para tudo.

— Papai, é verdade que sou negra?

Papai parou de comer e juro que não soube o que responder. Fui eu quem disse:

— Por que você diz isso?

— Ora! Então vocês não estão sabendo que os repórteres disseram que sou negra? Fiquei contente, porque papai e você, Bebeto, também são negros. Ponha seu braço perto do meu papai. Veja, sou da sua cor. Agora, mamãe é cor de leite, bem branquinha como um lírio, não é verdade?

Papai pegou na mãozinha de Rosana e, apertando-a entre as suas, disse, sorrindo:

— Sim, filhinha, somos negros e se algum dia você ficar com a pele mais negra do que o papai e seu irmão, deve se orgulhar disso.

— Por que, papai?

Papai deu uma palmadinha no belo rosto corado onde os olhos grandes e verdes escuros rebrilhavam cheios de vida.

— Bem, filha, não sei se você poderá entender, mas como vejo que é uma criança, digamos, de uma inteligência rara, terei prazer em responder tudo o que você perguntar.

— Então, diga, paizinho, por que, se eu crescer e ficar mais escura, negra, devo me orgulhar?

— Filha, você sabe que nosso país é o Brasil...

— Sei, papai. O Brasil é meu país. Eu sou brasileira, eu adoro o meu Brasil.

Papai e eu arregalamos os olhos e, assustados, fixamos os daquela pequena criaturinha, que discutia assuntos nunca por nós mencionados. E papai, sorrindo:

— Rosana, quem lhe ensinou essas coisas?

— Renato. Foi Renato.

De repente, prorrompeu em choro convulso, e com a vozinha embargada disse:

— Por que Renato foi morrer? Estou ainda tão triste!

Papai pulou da cadeira, tomou-a nos braços, apertou-a contra o coração e eu me levantei também para amparar papai, pois o vi cambalear. Sabia que o choque das palavras de Rosana lhe havia despedaçado o coração, ou melhor, aberto as feridas que ele tentava, com sua coragem e força de vontade, deixar fechadas. Eu sabia que nem um só minuto, uma só hora, um só dia, mês e ano, ele não esquecia. Eu sempre surpreendia nos olhos queridos uma triste melancolia, que ele desviava assim que me via.

— Papai!

Abracei-o pelos ombros. Senti todo o peso de seu corpo nos meus braços, mas ele logo se recuperou.

— Está tudo bem, filho. Vamos distrair Rosana, pois daqui a pouco teremos de levá-la para a escola.

E a malandrinha, com as duas mãozinhas espalmadas no rosto de papai, o cobria de beijos.

— Vou para a escola, vou para a escola!

Contorceu-se toda para descer do colo de papai.

— Vou pôr meu lindo vestido de festa. Mas não há de ser aquele que fui ontem. Hoje quero o meu vestido cor-de-rosa com babadinhos. O que você acha Bebeto?

— Gostei da ideia.

Depois, subindo no colo de papai:

— Desculpe, papaizinho, não vou mais tocar no nome de Renato, sei que isso vai deixá-lo triste, mas tudo o que os negros fizeram pelo

Brasil eu sei. Eles vieram da África, construíram cidades, apanharam e mil e uma coisas. Agora posso ir me arrumar, papai?

— Vai, meu bem.

— Escute, papai! Prometo que se ficar mais escura, vou ficar bem orgulhosa.

Pobre irmãzinha, como iria chorar lágrimas amargas por causa de sua cor!

— Roberto!

— Sim, papai?

— Roberto, gostaria de falar sobre seu irmão.

— Mas, papai, falar sobre Renato é cobrir tudo de angústia, tristeza. Por favor, papai...

— Eu compreendo tudo isso, filho, mas quero que você saiba que há dores que matam apesar de fazermos o possível para mostrar que elas se foram, que não estão mais enraizadas em nosso sangue, em nossa carne, em nosso espírito.

Papai apertou os olhos com o polegar e o indicador.

— Roberto, às vezes tenho vontade de fugir, fugir, fugir. Sua mãe... Meu Deus! Sou o único culpado de Lídia estar assim. Se ao menos Deus me ouvisse...

Abracei meu pai e beijei sua cabeça.

— Papai, mamãe vai ficar boa. Quanto a Renato, não existia outro meio, o senhor sabe muito bem. Papai, por favor, nunca duvidei de seu sofrimento e isso faz que eu também, às vezes, não sinta nem vontade de viver.

Com os olhos cheios de lágrimas, papai me abraçou apertado, dizendo:

— Até a sua vida eu estraguei, meu filho. Você tem 16 anos. Idade de ouro, de sol, de luz, de vida. E o que faz? Fica o dia todo cuidando da mãe enferma e atura o mau humor de um pai que nem para companhia serve. Você não vai a festas, a jogos, a praias, as danceterias, está sempre dando desculpas para a sua turma. Uma vez ou outra sai para ir à reunião de... "Eu Sou Seu Amigo"... tudo isso me deixa muito amargurado.

Abracei meu pai, que estava sentado na cadeira de espaldar alto, com encosto e tudo, e encostando minha face nos seus cabelos agora meio brancos:

— Papai, não fale isso nunca mais. Pai querido, você e mamãe são meus grandes amores. Amo vocês mais do que todas as diversões do mundo. Eu adoro minha mãe, e minha maior alegria, meu maior prazer é estar aos pés dela, vendo-a melhorar dia a dia. Ontem ela já segurou a colher e tomou toda a sopa sozinha. Sabe, pai, senti uma alegria tão grande que pensei que fosse sufocar. Todos os empregados ficaram sobressaltados quando corri pela casa, pelo jardim e pelo parque gritando: "Mamãe comeu sozinha, mamãe comeu sozinha!" Não lhe contei porque eu quero que o senhor saiba tudo, sobre as melhoras e do fim da doença pela própria mamãe. Fé em Deus, papai! Por Ele eu lhe peço: não se sinta culpado de nada. Quem mais sofreu foi o senhor. Opa, olhe quem vem aí!

Rosana rodava. Uma rosa vestida de cor-de-rosa.

NO PEQUENO REI, tratamento de reis. Rosana foi apresentada a todas as lindas crianças. Todas filhas de milionários paulistas.

Na saída, os que ganham o pão para "fofocar" a vida alheia. A imprensa falada, escrita e televisionada.

NA MANHÃ SEGUINTE, enquanto mamãe ainda dormia, abria devagarzinho a porta do terraço quando ouvi Walter me chamar, pois os empregados estavam proibidos de tocar o interfone do quarto de Renato. Pulei do terraço, que não era lá muito alto, e apanhei os jornais da mão de Walter.

— Roberto, te chamei porque não sei se devo ou não entregar os jornais ao seu pai. Olhe o que escreveram.

Sentei no banco de pedra do jardim e abri um jornal. Na primeira página a foto colorida de Rosana e um cabeçalho enorme.

"Rosana Lopes Mascarenhas, a linda boneca que tem um coraçãozinho encravado no ombro, foi barrada num dos mais caros colégios de São Paulo, porque um dos diretores a achou negra. Mas Rosana, a maravilhosa criança cor de jambo e de brilhantes olhos verdes, foi admitida no esnobe colégio por Sua Excelência o presidente da República. Rosana Lopes Mascarenhas foi adotada pela riquíssima e tradicional família Mascarenhas, imposição do desditoso jovem Renato Lopes Mascarenhas que, como todos devem estar lembrados, foi assassinado pelo próprio pai. Pai que preferiu sacrificar a vida do filho traficante e viciado em drogas, que tentava matar o irmão, pois este havia denunciado à polícia a poderosa quadrilha

de traficantes que agiam em inúmeros colégios. O doutor Rubens Lopes Mascarenhas foi considerado um herói, mas sofreu horrivelmente, passando a viver trancado no quarto do filho assassinado em plena escuridão. Mas, o mais trágico dessa história é o caso de dona Lídia, mãe de Renato, que até hoje vive como um autômato. Não fala, não se mexe e já há um ano fita só um ponto no infinito. Não conhece ninguém. É um objeto. O corpo se arrasta devagar pela estrada da vida, mas sua alma está acabada, está morta.

Pobre família Lopes Mascarenhas! Mas Deus lhes mandou um anjo, anjo moreno de olhos de esmeralda que, temos certeza, fará com que todos sejam novamente felizes. Anjo Rosana Lopes Mascarenhas, bonequinha do coração escarlate."

— Vamos esconder o jornal, Roberto?

— De que adiantaria, Walter? Quase tudo que o jornal diz é verdade. Algumas falhas, mas temos de nos conformar com isso, qualquer coisa que acontece agora com nossa família possui mais sabor tornando-a apta a satisfazer ou saciar a sede de coisas trágicas que envolve os milhares de leitores. Todos desejam valorizar seu dinheiro gasto no jornal lendo coisas dramáticas. Os jornalistas, espertos como ratos, sabem muito bem que se contarem que minha irmãzinha foi barrada no colégio de ricos é uma coisa, digamos sem muito tempero. Então eles voltam ao caso Renato, à mamãe, ao papai no quarto escuro. Estão na profissão, Walter. Quanto mais dramatizarem, mais vende. Papai vai superar tudo isso, que nem se compara com o doloroso processo da morte de Renato. Olhe, aí vem papai. Vamos, ou melhor, deixe que eu lhe entregue os jornais.

Papai pegou os jornais e, encostado no carro, leu as manchetes e depois disse:

— Poderia dizer: "Malditos repórteres", mas como qualquer ser humano eles precisam trabalhar. Isso já não me desnorteia. Roberto, meu filho, vou até o cemitério, você me acompanha? Quero comemorar a nossa vitória, de Rosana ser aceita no Pequeno Rei, junto de Renato.

— Claro, papai.

Papai virou-se para Walter:

— Siga-me com a caminhonete.

— Papai, papai, quero ir com você e Bebeto e mamãe.

— Mamãe?

— Sim, mamãe. Ela também quer ver Renato. A empregada disse que eu saí no jornal. Sou artista, papai? Ela também disse que você vai ao cemitério e eu queria ir, mas quero que leve a mamãe. Como é que ela pode ficar em casa sozinha? Veja, ela está lá na janela.

Corri como um doido em direção à janela e subi pelas trepadeiras mesmo, apavorado, pois se mamãe se debruçasse no parapeito, ela poderia cair. Abracei mamãe e delicadamente a conduzi para dentro, passando uma tremenda descompostura na enfermeira do dia que permitiu que mamãe chegasse até a janela.

— Mas, senhor Roberto, sua mãe está cheia de energia, de vitalidade. Ela quer andar, sair, passear.

— Passear? Então, venha cá, mamãe, vamos visitar Renato. Venha, mamãe, venha.

Abri meus braços e mamãe veio em direção a eles. Com o coração na garganta e os olhos respingando lágrimas por todos os lados, apertei-a de encontro ao meu coração, sentindo o suave bater do seu.

Mamãe entendia o meu apelo. Tentei novamente, mas ela voltou ao alienamento. Precisei puxá-la devagar até o carro.

Papai preferiu ir com a caminhonete, enquanto Walter guiava nosso carro, aliás, o carro novinho que papai havia comprado para mamãe. Papai todos os dias comprava coisas lindas para mamãe, e do que eu mais gostava eram as caixinhas de música. Uma mais linda do que a outra. Tinha certeza de que a mamãe iria gostar mais de uma que havia pertencido à Imperatriz Elizabeth da Áustria. Mamãe adorava ler biografias de mulheres famosas e papai também comprou para ela livros de biografias com ilustrações coloridas de Josefina, que foi mulher de Napoleão Bonaparte, de Catarina de Médicis, da rainha Cristina da Suécia e mais ainda que não me lembro agora. Só queria ver o lindo rosto de mamãe quando ela sarasse e visse todos esses livros e todos os lindos presentes e as maravilhosas joias que eu desenhava e papai mandava confeccionar.

Mamãe parecia alegre de estar ali sentada entre Rosana e eu. Rosana sempre embirrava se não sentasse junto da janelinha e agora estava mais tagarela e alegre do que nunca, mostrando tudo a mamãe.

— Veja, mamãe, ali o rio Pinheiros. A senhora se lembra como ele fede no tempo de calor? A senhora nem gostava de passar aqui, não era, mamãe?

Rimos, pois realmente a memória de Rosana era fabulosa. Isso havia se passado quando ela tinha 3 anos; agora com a sua mãozinha que parecia uma flor visava o rosto de mamãe e o beijava, dizendo:

— Acorde, mamãe, olhe o céu, está tão azul. Bebeto, quando é que Jesus vai dar outra vez a memória para mamãe?

— Logo, logo, Rosana. É só você não esquecer de pedir para Ele todos os dias que não esqueça de mamãe.

Mas Rosana já estava interessada em outra coisa. Assim, chegamos ao cemitério da Consolação. Papai já havia chegado e veio ao nosso encontro, beijou mamãe e disse:

— Meu filho, você acha certo ter trazido sua mãe? Penso que isso poderá prejudicá-la.

— Papai, quero que mamãe se encontre com alguma coisa que poderá despertá-la, sacudi-la, estremecer seu cérebro. Alguma coisa tem de acontecer para que ela volte ao normal, uma grande alegria ou uma grande tragédia. Tenho certeza que alguma coisa anormal a fará voltar à vida. Oh, papai! Que beleza!

Papai havia dado um sorriso, um sorriso triste.

— Isso é o que posso oferecer ao meu Renato. O Renato que nós conhecemos vivendo na imensidão do azul. Depois, coitado de meu filho, como foi horrível acabar seus dias envolvido no lado sombrio da vida...

Chegamos até o túmulo de meu irmão, que mais parecia uma montanha de flores brancas, lírios, cravos, orquídeas e muitas outras cujo nome não lembro.

Ajoelhamo-nos e rezamos por meu irmão, mas mamãe permaneceu em pé, com os olhos fulgurantes fixos nas flores.

— Mamãezinha, aqui está enterrado o Renato. Você se lembra de Renatinho, mamãe?

Mas o que eu pensei que seria um impacto se tornou, como sempre, indiferença, insensibilidade.

Papai apertou o rosto nas mãos e chorou. Rosana correu para ele soluçando alto e aos gritos agarrou-se nele.

E meu pai, naquela pungente fonte de força espiritual, paciência, sabedoria, luz, engoliu as lágrimas e, rindo, pegou no colo com ternura nossa bela criança e para a acalmar deu-lhe flores que escolhia entre as flores de meu irmão.

Saímos do cemitério e algumas pessoas, reconhecendo papai, vieram trazer-lhe palavras de conforto. Algumas jovens beijavam papai, sujando-lhe o rosto de batom. Eu olhava mamãe quieta, mas pareceu-me que seus lábios se esticavam num tênue sorriso. Beijei mamãe.

— Oh, mãe, mãe querida, você vai sarar. Deus não poderá deixá-la ficar sempre neste mundo, tão longe de seus entes queridos.

ASSIM QUE CHEGAMOS em casa, entrou o furacão de tia Laura com uma pilha de jornais debaixo do braço.

— Explique isso, Rubens. Vocês se atreveram a adotar uma criança negra... uma Lopes Mascarenhas negra! Será que você enlouqueceu e ainda discute, agride o diretor do tradicional colégio Pequeno Rei por causa de uma negrinha?! Você teve a coragem de ir até o presidente da República para pedir que ele se metesse num caso tão vulgar?! Aonde chegamos, meu Deus! Veja! Veja o que esses miseráveis jornalistas falam de nossa família! Já não chega o escândalo do passado? Não chega? Diga, Rubens, vamos, diga! Eu sou uma condessa e estou tremendamente humilhada com tudo isso, imagine uma negrinha na família Lopes Mascarenhas!...

Papai empalidecia. Mas num minuto se recuperou, e, na sua habitual calma, disse com um sorriso irônico:

— Querida condessa Laura, enquanto você falava, fiquei pensando em todas as coisas que poderiam ser publicadas, se nossos jornalistas soubessem como você conseguiu esse título de condessa. Não seriam jornais de São Paulo, mas de todo o Brasil e de todo o mundo, que os jornaleiros exibiriam nas ruas, nas esquinas, nas plataformas das estações, enfim, em todos os lugares, gritando que a bela condessa Laura comprou de um conde falido, que não era negro, mas, sim, um caçador de madames milionárias. Digamos, um conde indigno de entrar para a família Lopes Mascarenhas, pois, ao que me consta, o nosso condinho vive às custas do dinheiro dos Lopes Mascarenhas... Nunca soube que esticou um dedo para trabalhar...

Titia, boquiaberta, fixava papai e com voz sumida perguntou:

— Quem lhe contou todas essas mentiras?

— Todas essas verdades? Foi um passarinho, caríssima cunhada.

Titia saiu batendo os altos saltos dos sapatos e na porta virou-se, dizendo:

— Não sei onde estou que não lhe torço o pescoço, mas não se preocupe, você vai me pagar por tudo o que acabou de me dizer. Daqui a um mês venho com a polícia, com a justiça, ou sei lá com quem, buscar a minha pobre e maltratada irmã, "herói".

Até estremecemos com a forte batida da porta.

PAPAI ANUNCIOU que precisava de um chofer para levar e trazer uma criança do colégio. Seria regiamente pago. Uma enorme fila se formou logo pela manhã na calçada em frente de nossa casa.

Às nove horas, depois de eu ter ficado junto de mamãe para ajudá-la a comer ovos quentes, mingau de aveia e maçã assada, pedi à enfermeira que a levasse para o salão de festas, pois o dia estava chuvoso. Walter havia levado Rosana para o colégio e eu, a pedido de papai, fui fazer a seleção dos choferes.

Disse ao mordomo que ia recebê-los na biblioteca e para lá me dirigi.

Os jovens apresentaram as referências. Entrevistei um por um e o que mais me agradou foi um rapaz de 30 anos, loiro, de olhos verdes, que trazia ótimas referências. Já havia trabalhado para uma tradicional e conhecida família de nossos meios políticos. Assim, pedi o Carlos de Souza. Esse era o nome do que fora escolhido. Não sei por que, senti uma coisa estranha no coração, que parecia que ia parar, mas logo voltou a bater tão forte, levando para todo o meu rosto uma onda fervente de calor, fazendo-o cobrir-se de suor, quando vi no sorriso triunfante de Carlos qualquer coisa de diabólico. Mas, depois que liguei para a casa do eminente político e obtive ótimas informações a respeito da conduta de Carlos, senti que meu receio era infundado. Por isso, tratei-o amigavelmente e chamei-o à janela.

— Veja, lá está a menina que ficará sob seus cuidados durante o trajeto de ida e volta da escola.

Rosana, como sempre, saltitava, rindo, no meio dos cachorros que lhe obedeciam em tudo. E ria, aliás, quando ela dava ordens na voz pueril para o Bolão grande e gordo, o nosso saudoso cachorro cinzento de grandes olhos meigos que, como os outros, hoje estão enterrados debaixo das roseiras preferidas de Renato. Bem, naquela manhã colorida, minha bela Rosaninha brincava, dizendo ao Bolão:

— Bolão, você vai fingir que é um passarinho e vai voar, voar até as nuvens. Veja, assim.

E aquela extraordinária criança, na sua graça infantil, inventava danças imitando pássaros, ondas, cascatas, flores. Sempre pensei que ela seria uma grande bailarina mas... Puxa, querida "mestra", nem sei como continuar esse dramático relato maldizendo-me mil vezes por não ter naquele dia atendido à advertência de meu coração, para não cairmos naquele pesadelo, atirados pelas mãos daquele belo jovem loiro que estava tão feliz ao meu lado, mas que, no fundo, era mau e perverso.

Mas, com 16 anos, quem atende pedidos de seu coração? Se fosse hoje... Bem, saímos da janela e fui mostrar o BMW dourado que papai comprara, por insistência de Rosana. Na loja de carros, ela correra para o carro, dizendo:

— Quero esse, papai, é igualzinho ao do diretor do meu colégio.

Olhamos, pasmados, para Rosana e ela, parecendo adivinhar nosso espanto, foi logo dizendo:

— Lá no Pequeno Rei tinha um lindo carro e perguntei a Walter de quem era. Walter disse:

— Como vou saber, senhorita Rosana?

E eu disse:

— Pergunte, ora!

Ele perguntou. Era do diretor.

— E por que você quer um carro igual ao do diretor?

— Porque ele é uma besta. Não queria que eu ficasse naquele colégio. Tia Laura me contou tudo quando eu disse a ela que tinha saído em todos os jornais e na televisão porque era artista. Então, ela disse:

— Que artista, que nada, bocó! Você saiu nos jornais porque o diretor do colégio que Rubens escolheu para você não aceita negros. Imagine, papai, como tia Laura é bobinha, por acaso lá sou negra?! Se fosse verdade o que ela me falou, eu não estava matriculada, não é, papai?

— É, meu anjo, tia Laura será sempre uma bobinha. Então, você quer esse carro?

— Quero, só para ver a cara do diretor. Vou morrer de rir. Rosana Lopes Mascarenhas saltando de um belo carro, igual ao do diretor. Será assim que dirão todos os meus coleguinhas.

Papai olhou para mim com os olhos arregalados e eu só pude balbuciar: – "Meu Deus!".

E Rosana foi para o colégio. No primeiro dia, eu a acompanhei a pedido de papai e era só ver como a danadinha se portou junto de dezenas de alunos. Sentadinha em sua carteira com um ar tão grave e tão quieta enquanto a professora explicava a lição que fiquei temeroso de que a intensidade da expressão de seu rostinho pudesse prejudicar seu cérebro tão tenro.

Quando a aula terminou, fui falar com a professora. Jovem e bonita, ela sorriu:

— Você é irmão de Rosana, não é?

— Sou, senhora.

— Pois, meu jovem, sua irmã também me surpreendeu. Enquanto os outros alunos se distraem com barulhinhos vulgares, a pequena Rosana assistiu à aula, penso até que com excesso de emoção. Gostaria que o senhor permanecesse por mais algum tempo aqui, pois vou perguntar às crianças qual foi o tema de minha explicação e então veremos se a sua irmã estava mesmo com atenção na aula ou estava quieta e compenetrada pelo intenso sentimento com que o primeiro dia de aula sempre abala crianças tão pequenas.

E fiquei.

E a professora, diante da classe de vinte crianças de 3 a 5 anos, perguntou:

— Vamos todos ficar quietinhos. A titia vai perguntar uma coisa sobre a aula que deu antes do recreio. Vamos lá: quem sabe de quem eu falei na historinha que contei, levante a mão.

A mão morena e gordinha qual uma flor na sala se agitava de lá para cá. Era a mão de Rosana.

— Pois não, Rosana, diga o que você entendeu da história. Venha até aqui, por favor, e suba em cima dessa cadeira.

E a adorável figurinha morena em cima da cadeira bem no centro da classe, com sua vozinha querida:

— A senhora falou do menino que vivia fazendo desordem pela casa e quando a mãe dele chamava a atenção, dizendo:

— "Não faça mais isso, Marcelo, está ouvindo?", ele dizia:

— "Não ovo".

— Então a mãe disse:

— "Não é ovo que se fala, menino, ovo é de galinha".

— "Então, como é?"

— "É ouço."

— "E osso é de vaca, mamãe!"

Todos riram e Rosana também ria alto com seus dentinhos à mostra. Por fim, a professora abriu os braços e Rosana se atirou entre eles.

Senti que, sem querer, limpava meus olhos, pois lágrimas de emoção deslizavam sem parar.

Bravo, Rosana, bravo irmãzinha!, que com aquela cor tão criticada foi a mais brilhante aluna daquele primeiro e dos outros dias de aula.

NOS DIAS SEGUINTES, Rosana ia para o colégio sempre acompanhada de sua babá, a Dalva, que era obrigada a ficar na escola até a saída das crianças.

Carlos era bom e cuidadoso, parecia adorar Rosana, que lhe dispensava um tratamento frio e cerimonioso, nunca permitindo que ele lhe desse a mão para ajudá-la a descer do carro. Dalva precisava dar a volta para a direita e, enquanto Carlos abria a porta, Dalva esticava os braços para pegar Rosana, ela saltava e corria em casa na direção da mamãe e, no colégio, em direção de sua professora, Maria Inês. Engraçado que Dalva contava que Rosana não gostava de sentar atrás do chofer: era sempre na janelinha da direita.

Tudo isso me parecia muito estranho, pois eu também, a despeito de todas as aparências de confiança e bons tratos que dispensava a Carlos, vivia sob a opressão de uma estranha angústia assim que via o BMW sair pelos grandes portões, lá no fim do parque levando Rosana. Só voltava a me acalmar à tarde, quando a via saltar do veículo e correr em nossa direção. Então, eu a estreitava nos braços e eram beijos por todo o seu querido rostinho.

Uma noite, acordei sobressaltado, pois sonhei que Rosana não estava mais entre nós. Procurei-a pela casa toda atravessando salas, salões, bibliotecas, quartos, dependências de empregados, o jardim e o grande parque, gritando por ela e nada. Já acordado, apertei o rosto nas mãos e acendendo a luz mais forte olhei para mamãe que dormia sossegada. Vesti o roupão, apaguei a luz forte, fechei a porta bem devagarinho e segui para os aposentos de Rosana, que dormia em um grande quarto separado por uma saleta do quarto de sua babá.

Peguei a maçaneta dourada da porta em forma de cabeça de anjo e a girei vagarosamente, com o coração pulando tão forte, quase me sufocando.

Entrei pé ante pé até o quarto de Rosana.

Ela dormia igual um anjo de Rafael e eu, sem entender por que, sentei-me no chão, e debruçado sobre o leito de Rosana, solucei descontroladamente.

Ouvi a voz de Dalva:

— Quem está aí?

As luzes fortes se acenderam e Dalva entrou.

— Que susto, seu Roberto! O que foi? Aconteceu alguma coisa? Pelo amor de Deus, diga. Dona Lídia...?

Levantei-me, limpando o rosto.

— Mamãe está bem. Escuta, Dalva, tranque a porta desses aposentos quando vocês vierem se deitar. Tenho receio de que Rosana levante e ande por aí.

O rosto de Dalva, tão assustado!

— Mas o que há, seu Roberto?

— Se dissesse, você não compreenderia.

NO DIA SEGUINTE, papai me chamou:

— Filho, o que há? Dalva contou-me o que se passou esta noite. Isso afligiu-a tanto que resolvi marcar uma consulta para você com nosso médico.

Senti um nó na garganta quando pensei em lhe revelar minhas apreensões. Não o fiz, pois não queria ver meu pai sofrer novos golpes. Pobre papai, que dor não teria sido a minha se tivesse adivinhado quão enormes seriam sua futuras amarguras em comparação com aqueles meus nervos esgotados!

— Ora, papai, que é isso?! Tive um sonho horrível e, como o senhor já sabe, sonho e vou ver se era mesmo um sonho. Por favor, não se preocupe comigo. Sinceramente, estou quase feliz, pois, como diria se estivesse escrevendo um romance:

"Mamãe luta corajosamente contra a adversidade da vida, Rosana é adorada no colégio até pelos diretores, que não cansam de elogiar sua inteligência. A cor de Rosana venceu afinal. Saber que agora é querida pelos diretores, professores, ou melhor, 'mestres' como dizia nosso querido Renato, serventes e tudo. Você papai, com boa saúde, prósperos negócios, um grande marido e um grandioso pai".

— Pronto! Tudo está azul. Juro-lhe, tudo é azul à minha volta, pois sei que amanhã ou depois a casa estará aos cuidados de mamãe e eu volto para a escola. Quero dizer: vou fazer o cursinho para uma faculdade. Vou namorar um monte de garotas e me divertir à beça. Desmarque a consulta, sim, papai?

Papai desmarcou.

Tudo corria tão bem em nossa mansão que todos os meus temores, medos, sustos, apreensões haviam se evaporado.

Mas... ah! Se a gente pudesse parar com as mãos levantadas as grandes e escuras nuvens que rondam as nossas cabeças seria maravilhoso. Mas, quanto mais a gente corre delas, mais se aproximam. Um desses medonhos monstros um dia caiu novamente sobre nossa casa.

Lembro-me tão bem daquela belíssima aurora.

Eu, que já não me sobressaltava com qualquer ruído vindo dos lados de mamãe, pois a sabia bem melhor, acordei quando ouvi um estalo qualquer e um choramingo infantil. Levantei-me e fui até a janela. Lá, bem longe, o céu estava cor de fogo e no nosso parque tudo estava adquirindo formas. Formas?! Um carro parado na alameda àquela hora! Olhei no relógio: cinco horas. Esfreguei os olhos e firmei--os no carro. Duas sombras altas pegavam qualquer coisa.

Qualquer coisa... Mas era uma criança! A cor de fogo agora se espargia por tudo. Clareando mais e mais a cena ali na minha frente.

— Rosana!

Meu grito parecia vir de outra pessoa.

— Raptaram Rosana. Estão raptando Rosana!

Não sei o que aconteceu, não sei como foi, mas voltei a gritar quando mamãe levantou da cama e disse:

— Roberto! O que aconteceu com Rosana?

Eu virava e revirava gritando. Mamãe tentando me segurar pelo braço e eu correndo, gritando:

— Papai, Walter! Tem gente levando a Rosana.

Lembro que encontrei papai no corredor e disse:

— Corra para ver mamãe e chame a polícia, estão levando minha irmãzinha.

Carlos e Walter apareceram. Pegamos um carro e eu mesmo na direção, mandando para o inferno a minha menoridade e na maior velocidade saí no encalço daqueles bastardos.

Por uma ou duas vezes consegui emparelhar com o BMW, pois os bandidos estavam com o nosso carro. Walter me aconselhava prudência, pois eles poderiam matar Rosana. Mas eu não ouvia, não sentia, não falava. Eu queria a minha irmãzinha e rogava a Deus que o carro de mamãe fosse o mais potente e parece que Deus estava querendo nos ajudar, pois, de repente, vi o meu carro atravessado em frente ao BMW. Pulei do mesmo limpando dos olhos o sangue que escorria de um ferimento da testa e como um louco avancei para o carro arrancando um dos bandidos, que — depois vim a saber — havia batido com a cabeça e estava tonto e sem condições de fugir. Eu o segurei com um braço enrolado em seu pescoço e gritei para Walter me ajudar, já que não conseguia ver nada com aquele sangue nos olhos. Mas foi Carlos que correu em meu socorro:

— Seu Roberto, deixe o carro comigo, Walter está falando com a polícia.

— Segure-o firme, Carlos, e que Deus o abençoe pela ajuda.

Alguém limpava os meus olhos. Era um policial. Então me vi rodeado de inúmeras pessoas curiosas que se assustaram com os meus gritos.

— Rosana! Rosana! Por Deus, gente, peguem a minha irmã que está no carro!

Mas no carro não havia mais ninguém, o outro marginal havia desaparecido com a minha adorável criança, naquela confusão toda. Com a polícia a par do que havia acontecido e com os dois carros completamente danificados, pedi aos policiais para nos levarem para casa. Na volta, fui esfregando o pijama para ver se saía um pouco o sangue coagulado, para não assustar mamãe. Foi então que se deu aquele estalo na minha cabeça:

— Mamãe, Deus do céu! Mamãe havia falado, mamãe dissera: "Roberto! O que aconteceu com Rosana?"

Um arrepio perpassou pela minha coluna vertebral pela lembrança de que talvez eu tivesse ouvido mal.

— Corra, polícia, corra. Minha mãe ouviu a minha voz, ou melhor, os meus gritos. Minha mãe! Minha mãe sarou!

O policial ligou a sirene e a viatura corria, voava e entrou na alameda com a fileira de altas árvores de acácia em flor, que impregnavam de um suave perfume a azulada e dourada manhã. Meu Deus! Como eu podia sentir o perfume das mimosas?! Mas não pude nem completar o pensamento, pois a freada foi forte. Saltei da viatura e voava em direção do quarto de Renato, quando ouvi alguém gritar:

— Seu Roberto, seus pais estão na biblioteca.

Empurrei a porta com toda a força e me vi diante de mamãe que sorria, estendendo-me os braços, dizendo com voz meiga:

— Roberto, meu filhinho, você está machucado!

Fiquei pregado no chão com o coração batendo na garganta e comecei a sentir os joelhos dobrando e caí no chão balbuciando:

— Mamãe, mamãezinha, mamãezinha...

Dizem que desmaiei, mas penso que não, pois num minuto estava agarrado a mamãe e soluçava, mas sem conseguir parar. Então, de repente, lembrei-me de Rosana e desprendendo-me dos queridos braços, disse para papai:

— E a polícia? Onde está a polícia?

Papai pacientemente procurou me explicar que havia recebido um telefonema dos sequestradores pedindo um resgate de cem mil de reais. Ameaçavam matar Rosana se informássemos à polícia.

— Penso, meu filho, que foram os dirigentes daquela quadrilha de entorpecentes que denunciamos à polícia e agora estão se vingando.

— Papai, pelo amor de Deus, os traficantes estão presos. Aquela quadrilha já foi desbaratada, os chefões morreram naquele motim da detenção. Não existe mais ninguém daquela quadrilha na rua, só os que eles viciaram que estão andando por aí afora. Papai, mamãe, por favor, acreditem na polícia! Os policiais paulistas já têm um *know-how* respeitado em todo o Brasil. O senhor mesmo ficou admirado da competência desses policiais quando resolveram o caso do sequestro do menino Modesto Jr. em Manaus, dando instruções aos policiais locais. Também no caso do menino Paulo César, no Mato Grosso do Sul. Aqui em São Paulo já resolveram vários casos com sucesso. Pai, papai, por Deus, chame-os, confie na experiência desses nossos policiais, não deixe que os bandidos vençam, papai, por Deus!

— Roberto tem razão, querido.

Mamãe passava o braço pelos cabelos quase brancos de papai. Ele relutava.

— E se eles souberem que chamamos a polícia e matarem nossa filhinha? — Papai arregalou os olhos para os soldados da Polícia Militar que me haviam trazido.

— Oh, papai, desculpe-me. Não tive tempo de lhe explicar que vim num carro da polícia pois os nossos carros, o BMW e o Jaguar, estão lá despedaçados no meio da rua. Papai, cheguei a pegar um dos bandidos, mas como o sangue tapava minha visão, deixei-o aos cuidados de Carlos. Ele conseguiu fugir, Walter e Carlos ficaram lá para resolverem o problema dos carros.

Papai cumprimentava, agradecia aos policiais quando um dos seguranças veio correndo avisar que o porteiro da ala esquerda estava dentro da guarita. A polícia correu para a portaria em companhia de papai e eu corri para o telefone e liguei para os policiais.

Eles chegaram. Chegaram vinte, comandados por um competente delegado. Agora, a frente de nossa mansão parecia um campo de guerra. Carros por todos os lados; em cima da grama do jardim, debaixo das grandes árvores; perto da piscina, ao pé das escadarias de mármore branco como a neve, e os raios do sol fazendo rebrilhar as armas nas mãos daqueles belos, fortes e valentes rapazes...

Quando o delegado entrou, apoderou-se de mim uma força de fé e uma emoção tão grande que meu desejo foi cair-lhe aos pés de joelhos e só não o fiz devido a mamãe que, de mãos postas, implorou:

— Doutor, salve a minha filhinha!

Ele disse, com ternura:

— Estamos aqui para isso, dona Lídia. Vamos começar a trabalhar.

Papai chegava e trazia, amparado por um dos policiais, o porteiro, atingido no tórax. O barulho da ambulância chegando e saindo, levando Max, o porteiro.

Mamãe insistia para eu ir tirar o pijama ensanguentado.

— Venha filho, por favor.

Acompanhei mamãe a muito custo, pois não queria perder o mínimo detalhe do trabalho dos policiais. Enquanto me vestia, não parava de olhar para mamãe, que sorria e me beijava sem parar. Ó, Jesus, como tudo seria diferente se não houvesse havido uma tão dolorosa troca! A cura de mamãe e a perda... não. Não perderíamos Rosana. A mesma forte confiança que sempre esteve infiltrada em mim durante todo esse ano da doença de mamãe e sentia agora na salvação de minha doce e sapeca irmãzinha.

Voltamos para a biblioteca. O delegado falava com meu pai quando entrou minha tia Laura, gritando:

— O que foi dessa vez?! A casa novamente rodeada de repórteres, cinegrafistas, polícia. Será tudo isso por que vim com esses oficiais de justiça buscar a minha irmã doente?

Se não estivéssemos vivendo uma tragédia, penso que cairia no chão de tanto rir.

— Rubens, onde está minha irmã? Aqui está a carta, com ordens expressas do Meritíssimo Juiz da Vara Familiar para que eu possa levar minha mana para uma casa de saúde.

— Mas quem está doente, aqui, Laura?

Minha tia se afastou, de olhos arregalados.

Mamãe riu e foi até ela.

As duas se abraçaram, chorando.

— Você sarou, Lídia! Meu Deus! Foi meu sobrinho, meu Robertinho que fez com que isso acontecesse, esse menino tem a mais pungente força espiritual que conheci até hoje. Mas, então, o que está havendo aqui, gente?

Papai apresentou a condessa Laura ao delegado e explicou a titia o rapto de Rosana.

— Rosana? Doutor, não preciso lhe dizer que confio no senhor, pois sempre ouvi dizer que o senhor é o modelo da polícia especializada em investigação. Capaz de não desprezar nenhum detalhe, recorrer a todas as fontes, inclusive o chamado submundo do crime, e não desistir nunca de um caso. Tenho certeza de que o senhor vencerá esse desafio, caro delegado.

Era e é assim minha tia condessa. Fala até pelos cotovelos. Há pouco tempo foi convidada pelos príncipe e princesa de Gales no Palácio de Buckingham e meu tio-conde quase desmaiou quando ela se negou a fazer a tal reverência que havia ensaiado mais de um mês.

Sorte que os príncipes não compreendiam português, pois tia Laura disse: — Nem para o nosso presidente inclino meu corpo, imagine para esses príncipes que não são nada do Brasil.

BEM, CARA "MESTRA", voltemos àquele funesto dia. Vendo que tia Laura não parava de falar, mamãe levou-a para outra dependência, enquanto o delegado interrogava o primeiro dos nossos empregados. Seria Dalva, mas ela estava em estado de choque, sendo medicada pela ex-enfermeira de mamãe. Então, veio Carmem, a empregada.

Contou que a noite fora como outra qualquer. Ficou na casa aguardando qualquer chamado e atendendo o telefone.

O delegado, sentado numa poltrona, Carmem na outra, à sua frente. Papai e eu em um largo sofá, rodeados por alguns dos policiais.

— A senhora atendeu a algum telefonema?

— Não, senhor.

— Tem certeza de que não dormiu nem por alguns minutos?

Carmem avermelhou.

— Bem... — Olhou para papai. Papai sabia ler esse olhar, pois nossos empregados tinham horror de perder o emprego, pois eram muito bem pagos. Então, ele disse:

— Carmem, não se preocupe. Diga a verdade, pois está conosco há muito tempo e qualquer negligência ou descuido será perdoado por mim.

Mais confiante, Carmem disse:

— Acho que dormi.

— "Acho" ou dormiu? — o delegado estava sério.

— Bem, doutor. Penso que depois que tomei o chá. Ah! Foi isso mesmo! Tomei uma xícara de chá de erva-cidreira que a Zefa deixa sempre na mesa. Quem vai chegando, vai tomando.

— Quem é Zefa?

— A cozinheira.

ZEFA, NOSSA COZINHEIRA, é uma jovem negra baixa, troncuda e olhos grandes e meiga que nesta hora estavam inchados de tanto chorar, pois ela tinha adoração por Rosana. Aliás, todos os nossos empregados amavam minha irmãzinha, que era meiga, carinhosa com alguns deles. Não passava aniversário, Natal, Dia das Mães, dos Pais que ela não distribuísse presentes a todos. Ela mesma, que já sabia ler e escrever, anotava nomes e datas em sua agenda de capa toda bordada à mão pela Zefa.

Zefa disse que fez o chá e que pela manhã não encontrou a garrafa térmica em lugar nenhum.

— Eu a estava procurando doutor, quando me chamaram para vir aqui.

O delegado olhou um dos policiais.

— Procurem a garrafa.

Em seguida, vieram os quatro seguranças.

Eram jovens entre 20 e 25 anos, também negros, altos e fortes.

Um deles explicou que não sabia de nada; tinham sido avisados pelo porteiro, que havia sido assassinado, que o doutor Rubens dera ordens: podiam folgar aquela noite, já que todos haviam saído.

— Todos quem? — o delegado apertava o lábio inferior com o polegar e o indicador.

— Todos da família Lopes Mascarenhas.

— O porteiro falou e vocês saíram assim, sem terem certeza de que realmente a família estaria ausente?!

— Bem, doutor, o Rodolfo era porteiro-chefe, nosso chefe. Ele falava, a gente obedecia.

— Depois?

— Fomos jogar bilhar, lá no bar do seu José.

— Dê o endereço.

O delegado rabiscou e entregou o endereço a outro policial:

— Confirme.

— Que horas voltaram?

— Três horas.

— Todos?

— Todos.

— Então?

— Fomos dormir.

— Por que portão entraram?

— Pelo do Rodolfo. Ele estava ouvindo rádio. Nos desejou boa-noite.

— Vocês viram ou ouviram alguma coisa anormal, digo, diferente das outras noites?

— Não, senhor.

— Eu vi, doutor.

Luiz, colega de Raimundo, que acabara de falar, disse:

— Eu achei estranho que o BMW estivesse no meio do gramado, atrás de alguns arbustos fechados.

— Se estava atrás de arbustos fechados, como é que você viu?

— Porque nos intervalos dos galhos folhudos alguma coisa brilhava. Fui ver e era o carro.

— Luiz chamou a gente. Então nós falamos que estava lá porque talvez o Carlos tinha ficado com preguiça de pôr ele na garagem já que sempre reclamava que tinha de abrir a porta, pois a automática estava sendo consertada.

— Ah! Muito bem, podem sair.

O DELEGADO olhou para um ponto no infinito e coçou debaixo da orelha. Em seguida, esfregou a mão esquerda empalmada pelo rosto, perguntou sobre o defeito da garagem.

— Esse problema, doutor, é de responsabilidade de nosso mordomo.

O mordomo explicou que a porta da garagem já havia sido consertada diversas vezes, mas que o mecanismo, apesar de trocado, parecia continuar com defeito.

O mordomo não ouvira nada de anormal, pois as dependências dos empregados ficavam no fundo do parque, bem distante da casa. Tinha que atravessar caminhos enfileirados de sebes altos, que em alguns lugares só dão passagem para uma pessoa. O seu apartamento, apesar de separado dos alojamentos dos outros empregados, também é isolado. De lá, nada se ouve do que se passa por aqui.

O delegado pensou um pouco e em seguida mandou outro policial verificar a porta da garagem. O policial civil saiu tão rapidamente que esbarrou no porta-revistas e tudo se esparramou no chão. Os olhos argutos do delegado pousaram no jornal onde aparecia Rosana, a boneca do coração escarlate.

O delegado ficou com o jornal na mão, encarando Rosana.

— Bela criança. Se as minhas ideias se encaixarem, devo desencadear uma rápida ação de resgate.

Pulamos juntos, papai e eu, e falamos ao mesmo tempo:

— Tem alguma pista?!

O delegado parou com o olhar perdido, mas eu sabia que lá dentro sua alma era um campo de batalha. Em seguida, ele nos fitou, dizendo:

— Talvez. Mas gostaria de ver outras fotos de Rosana.

Fui buscar os álbuns e ele olhava e olhava e, à medida que ia passando as páginas, tornava-se mais afoito. Em seguida, disse:

— Original, essa mancha em forma de coração. Cresceu junto com a pequenina. Bem, bem... Onde está o chofer da criança?

De repente, o toque do telefone.

Papai atendeu, com o delegado na extensão.

— Rubens Mascarenhas?

Papai ficou com uma palidez mortal.

— Sim.

— Você chamou a polícia, não foi?

Papai gaguejava.

— Não, não. Aqui estão apenas alguns policiais que trouxeram meu filho ferido.

A voz era irônica.

— Doutor Rubens Lopes Mascarenhas, você é um mentiroso. Faça voar daí os policiais ou a menina morrerá da forma mais violenta que possa imaginar. Olha que somos seis homens jovens e ardentes. Entendeu, né?

O suor escorria pelo rosto de papai.

— Está bem, está. Por favor, por Nossa Senhora Aparecida, não maltrate minha filha. Darei a você os cem mil e tudo o mais que vocês exigirem, mas me devolvam minha criança.

Papai desligou e ficou por algum tempo como que fora deste mundo. Depois disse, gravemente, balançando a cabeça:

— É inacreditável! Não posso acreditar. Estou confuso.

O delegado, excitado, faces coradas, olhos brilhantes, ficou em frente de papai:

— Reconheceu a voz, doutor?

Papai, incrédulo:

— Como adivinhou?

— Sou polícia, não sou?

Papai tentou um sorriso.

— Você é uma raposa, delegado, mas, por Deus, diga-me o que devo fazer. Eles pretendem, ó Jesus Cristo, violentar meu bebê.

Enfiei as unhas na palma da mão até que vi a carne afundar e parecer manchada de sangue. Pulei do sofá e gritei, fora de mim:

— O doutor não nos disse para confiar na polícia?

Depois, abracei papai:

— Papai, eu lhe imploro, não peça à polícia que saia! Você tem de acreditar na polícia, papai. Deixe que ela resolva o que é melhor para nós. Lembra quantos sequestros já resolveram? Agora mesmo resolveram o da menina Karina Duarte, em Americana. Ah, paizinho, tenha fé em Deus e confiança no doutor.

— Está bem, filho, mas — ele sabe — os sequestradores sabem que a polícia está aqui e que toda a imprensa está aqui, rodeando a casa.

— Eles sabem, mas o delegado também sabe o que deve fazer. Papai, por favor, tenho certeza de que a força que emanar do senhor e for transmitida à polícia salvará Rosana.

— A polícia não precisa de minha força, filho! Eles são tremendamente competentes, mas eu preciso de minha filha, eu...

— Você terá sua filha, doutor Mascarenhas. Por favor, diga-me, antes de tudo, de quem era a voz?

— Bem... não tenho certeza, mas penso que era de um de nossos empregados. Não me lembro de quem, mas tenho certeza de que essa voz eu a ouço sempre. Não sei se aqui em casa ou em algumas de nossas indústrias ou nas fazendas.

O delegado passou a mão pela nuca.

— Primeiro tinha de interrogar os empregados daqui, em seguida passaremos para outros setores. Mas, antes, vou reunir o meu grupo, vamos tentar ludibriar esses marginais. Vou preparar um novo esquema.

Todos os agentes saíram pelas portas da frente, deram a volta no quarteirão e entraram pelo portão dos fundos do parque, sem os carros, que estacionaram longe da nossa mansão. E ali estávamos nós outra vez na biblioteca, papai branco como cera e eu, no íntimo de meu coração, confiando que íamos superar mais essa triste e dura prova, de que dependia nossa felicidade, principalmente a de papai, que havia concentrado em Rosana todo o amor que sentia por Renato.

Saí de meus pensamentos quando ouvi o rumor da porta. Walter e Carlos entravam. O delegado perguntou quem eram a papai.

— O chofer de Roberto, Walter, e o chofer de Rosana, Carlos.

O delegado fitou Carlos com o olhar perscrutador e Carlos ficou meio hesitante, não sabendo se saía ou ficava. A ordem do delegado foi que se sentasse e que Walter saísse.

Ainda estou vendo a mudança que se operou no rosto de Carlos. Ele se mantinha parado, humilde e tímido, e respondia com voz pausada e calma.

Via que Carlos estava representando o que não era. Parecia um escravo diante do açoite. O delegado ergueu-se e começou a andar de um lado para o outro, rodeando Carlos enquanto este contava:

— Não ouvi nada de anormal esta noite, doutor. Juro que estou falando a verdade, pois um crime medonho como este de assassinato e de rapto quem mente está cavando a própria sepultura. Ainda mais quando há em tudo isto uma criança pertencente à classe privilegiada, cheia do ouro.

— Muito bem, então vá contando tudo direitinho, pois você vai ser o meu último interrogado, já que a pedido do doutor Mascarenhas dispensei o meu grupo de policiais e também não levarei a sério muitas coisas. Exemplo: você é jovem e talvez nessa noite tivesse algum compromisso sério ou mesmo algum namorinho com algumas das empregadas da casa. Quero que conte tudo direitinho. Como já falei, simpatizo com você e não quero ser injusto.

Carlos sorriu aquele mesmo sorriso que me fez gelar o sangue quando o contratei como chofer de Rosana.

— Então o doutor vai sair deste caso?

— Exatamente.

— Quer dizer que o grupo já se foi?

— Já.

— Só está o senhor?

— Só.

— Então, por que está me interrogando?

— Porque Dalva, a babá de Rosana, disse algumas coisas a seu respeito em que não acreditei.

Carlos declarou logo, com altivez:

— Dalva é uma mentirosa.

Papai apertou minha mão e me disse, dentro do ouvido:

— Este delegado é genial.

— Por que Dalva é mentirosa?

— Ela implorou para eu sair com ela, à noite. Eu falei sobre a criança que ia ficar sozinha, pois todos sabem quanto eu gosto da menina, mas ela quis. Então, bem, então ficamos lá no meu quarto até que ouvi a campainha de meu quarto soando. Saí correndo a tempo de ver o BMW partindo e o seu Roberto gritando que estavam levando Rosana. O resto o doutor sabe. Só sinto não ter sido mais forte e esperto do que aquele sequestrador que o seu Roberto prendeu e confiou a mim, mas, infelizmente, levei um golpe de caratê que me fez largá-lo. Juro que não me conformo, aquele cara nas minhas mãos e eu...

Carlos chorava.

Senti o sangue se concentrar todo em meu rosto, pois eu queria dizer ao delegado que aquelas lágrimas eram falsas. Mas baseado em quê? Levantei-me e fui até a janela. De lá, do meio do gramado, Walter, meu querido amigo, me fez um sinal para que eu fosse até ele. Pedi licença e corri em direção ao meu chofer e nesta hora me vi rodeado pela imprensa.

— Roberto, Roberto, você sabe que a cidade inteira está fervilhando, interessada pelo rapto de sua irmã. Diga-nos, por favor, se há alguma pista. Por que os policiais deixaram a casa? É verdade que o choque do rapto curou sua mãe do colapso mental?

Dezenas de gravadores e microfones à minha frente, *flashes* estouravam por todos os lados, jornalistas me empurrando para lá e para cá. Estava me sentindo um robô.

Fiquei tão nervoso que gritei:

— Malditos repórteres! Tenho vontade de torcer o pescoço de todos! Deixem-nos em paz! Não veem o que estamos passando?!

— Por favor, Roberto, procure compreender nosso ponto de vista. Notícias sensacionais são o nosso ganha-pão. Se não conseguimos algum furo, podemos até perder nosso emprego, assim como nossos redatores, que têm de apresentar notícias que vendam. Se falarmos da família Lopes Mascarenhas, não há edições que encalhem...

— Vocês me convenceram, vamos lá, não há pistas. Os policiais deixaram o caso, mamãe está boa, graças a Deus, eu... — Aí comecei a chorar, não aguentava mais.

Walter me puxou pelo braço e a turma da imprensa saiu em disparada, para seus jornais, rádios ou televisões. Sentei-me num banco junto de Walter e fiquei estarrecido quando ele me contou que vira Carlos deixar o sequestrador sair tranquilamente de suas garras e que, enquanto providenciava a remoção dos carros batidos, vira Carlos telefonar algumas vezes de um "orelhão".

— Estou desconfiado que esse cara sabe alguma coisa, Roberto.

Pensei por um momento.

— Sabe, Walter, às vezes eu penso a mesma coisa. Há tanta coisa que sei que poderia incriminar Carlos, mas me pergunto: se ele tivesse alguma culpa teria fugido, não é verdade? Ao contrário, ele está lá junto com o delegado e parece que o doutor está acreditando nele. Poxa, até parece que está se tornando amigo, salvo se...

— Salvo?...

— Bem, esse delegado é mais hábil, perspicaz e inteligente que o próprio Sherlock Holmes. Se está tratando o Carlos com tanta consideração é porque está vislumbrando algum clarão nesta espessa cortina de neblina e essa luz poderá vir do chofer de Rosana. Rosana, meu Deus! Onde estará minha adorável criança?

Através da névoa das lágrimas que deslizavam sem parar de meus olhos, vi mamãe acenando da janela.

Walter correu. Parecia voar e gritava.

— Dona Lídia! Nossa Senhora, ela está me chamando! Oh, Roberto, nem acredito no que estou vendo!

Mamãe apertou meu querido "irmão" nos braços e agora éramos três chorando. Vi Laura forçando uma calma que não sentia, dizendo:

— Contei tudo a Lídia, Walter. Contei como você cuidou de Rubens, de Roberto e de como a salvou quando meu sobrinho, sem forças, ia deixando-a despencar muro abaixo.

Puxa, como Walter ficou alegre quando mamãe disse:

— Deus lhe pague, meu filho.

E eu, feito um bobo, só ficava olhando e acariciando mamãe e a todo minuto perguntava:

— A senhora está bem, mamãe? A senhora está bem, mamãe?

— Maravilhosa, graças a meus dois lindos filhos.

Chegamos até a rir, mas aquela coisa apertando o coração, aquela coisa que tinha tanta força que era só dar uma apertadinha e tudo lá dentro de mim se reduzia a uma massa sangrenta envolta na doce imagem de Rosana. Revia até na minha frente, matando a alegria de estar junto de minha mãe curada, a mãozinha gorducha, macia como uma flor, que passava e repassava pelo meu rosto e que talvez agora estivesse na gelidez da morte...

Não, não, não poderia aceitar isso. Saí da sala e em desabalada carreira procurei o delegado para contar o que Walter sabia. Não os encontrei na biblioteca. Estavam na piscina. Carlos de calção de banho procurava a garrafa térmica do chá, que alguém, como dissera o delegado, jogara dentro da piscina.

Na hora em que me aproximava, Carlos saía da água e sacudindo os cabelos dizia, engasgado com a água:

— Nada, doutor.

Carlos em pé, na frente do delegado, e eu abafei um grito com a mão tampando a boca, quando o delegado me fez um sinal para que eu ficasse quieto. Fixei bem a vista para aquele fantástico delegado e verifiquei que o lume chamejante de seus olhos era mesmo a descoberta de algo importante sobre o sequestro.

— Muito bem, meu rapaz. Agora vista-se e fique por aí. Está dispensado. Obrigado pela ajuda. Nada há contra você. Transite sossegado.

— Agora o senhor vai embora, doutor? Sabe, fiquei muito feliz em conhecê-lo. Pensei que a polícia fosse de ir logo dando chutes e socos no estômago da gente, joelhadas na barriga e mais embaixo e porrada pra todos os lados. Ainda bem que o senhor foi tão bonzinho. Se precisar de mim é só telefonar que vou correndo ao seu encontro. Pena que a polícia não trabalhará mais para encontrar a pequena Rosana.

CARLOS SAIU. O delegado pediu a presença de mamãe.

Papai, mamãe, tia Laura e eu olhávamos em silêncio para o doutor delegado, que disse:

— O caso está desvendado. Carlos é a cabeça da trama.

A incredulidade era evidente nas quatro fisionomias. Mas papai foi o que mais se chocou.

— Carlos?! É inacreditável! Sempre me pareceu tão honesto. Tinha referências inabaláveis. E agora, doutor? Como faremos para entregar o dinheiro?

— Caro doutor Mascarenhas! Não há resgate por dinheiro. Tudo indica que Rosana foi sequestrada por vingança.

— Vingança? Meu Deus! Isso é obra da quadrilha de traficantes. Não lhe disse, meu filho?

Papai estava branco como cera.

— Não existe quadrilha de traficantes, doutor Mascarenhas. Tudo indica que Carlos é o pai de Rosana.

Todos os olhos arregalados e mamãe com a mão no lugar do coração cambaleou para frente e para trás. Corri, amparando-a.

Mamãe recuperou-se, dizendo:

— Não se incomode comigo. O que interessa é o resgate de Rosana. Por favor, vamos ter forças para mais esse golpe.

— Eu logo imaginei isso, pois quando vi o mesmo coraçãozinho escarlate que Rosana possui, no ombro esquerdo de Carlos, levei o maior susto do mundo.

O delegado explicou que, assim que viu Carlos, o achou tremendamente parecido com o retrato de Rosana nos jornais e nas fotos dos álbuns. Achou interessante aquela mancha singular em forma de coração. Então pediu ajuda de Carlos para procurar a garrafa na piscina, pois precisava ver se ele era portador da mesma mancha, que, em alguns casos, é hereditária. Tudo certo.

Enquanto falávamos, papai recebeu um recado de Carlos: poderia usar um dos carros para ir até o Pequeno Rei buscar algumas coisas de Rosana?

O delegado fez um sinal afirmativo ao olhar inquiridor de papai.

Da janela vimos Carlos sair. Logo em seguida, o delegado ordenou pelo rádio que seus agentes seguissem o carro azul-marinho.

— Tenho certeza de que ao anoitecer Rosana estará em casa. Agora desejo interrogar Dalva.

Dalva contou que Carlos insistiu para que ela fosse até seu quarto e lá lhe ofereceu uma xícara de chá de erva-cidreira. Bebeu e só acordou com a cozinheira em desespero gritando que haviam sequestrado Rosana, sua Rosana.

— Levei um susto tão grande que perdi a voz, nem tive forças para acudir a Zefa que caiu desmaiada aos meus pés.

Novamente os olhos do delegado no infinito e, de repente, ele dá um pulo e, nervosamente, pergunta onde é a cozinha.

Todos fomos atrás dele.

Zefa, sentada em uma cadeira, tinha os braços cruzados na mesa onde apoiava a cabeça, levantou-a rapidamente quando o delegado disse, ríspido:

— Zefa, onde está a sua filha Rosana?

Minhas pernas bambearam. Fiz um tremendo esforço para não cair, pois minha maior preocupação era mamãe que, toda senhora de si, abraçou Zefa e pediu com voz meiga:

— Zefa, por favor, conte-nos onde está Rosana.

— Não sei. Carlos nunca se conformou que eu dei a nossa filha. Agora quis se vingar. Ele disse que nunca mais verei a criança. E vai matá-la. Eu sei, eu sei.

O delegado sacudiu-a pelos ombros:

— Não é verdade, Zefa! Ele não vai matá-la. Eu estou aqui para salvá-la, se você me ajudar.

O delegado procurou acalmá-la.

— Diga-me: onde você acha que ele poderia ter levado a criança? Zefa esfregava as mãos.

— Bem, ele toma conta de um canavial lá pros lados de Vinhedo. Eu acho que ele mandou os dois colegas levarem ela pra lá.

O CARRO DO DELEGADO voava com a sirene ligada. Papai na frente junto do delegado, eu, Zefa e um agente, no banco de trás.

Já em Vinhedo, Zefa indicou o caminho:

— Ali.

Noite escura, sirene desligada, faróis apagados e o carro entrando por aquela imensidão de pés de cana.

— Olhe, ali está o barraco.

Zefa falava baixinho.

O carro escondido e nós cautelosamente seguindo as ordens do delegado.

E, como no cinema, o delegado deu um pontapé na porta e entrou de arma na mão juntamente com outro policial.

E, no silêncio da noite, envolto no coaxar dos sapos, o choro de Rosana. Num relance, o delegado resgatou Rosana no meio dos tiros que riscavam o pequeno barraco iluminado com um lampião.

Tudo não durou um minuto. Papai apertando Rosana no colo e ela chorando.

— Quero a mamãe, quero a mamãe Lídia, quero o Roberto. Paizinho, me leve para casa.

— Roberto está aqui, Rosaninha, venha para os meus braços.

Só mesmo quem já passou por um momento aflitivo, angustiante como este, é que pode avaliar o que senti quando apertei minha irmãzinha de encontro ao coração.

Entramos no carro e quando olhei para Rosana, vi que ela dormia. Dei graças a Deus. Assim, ela não pôde assistir à morte de quem lhe dera a vida mas não assumira a paternidade, deixando-a chegar às portas da morte. Pois, como vocês devem se lembrar, Renato encontrou Rosana em estado de coma, pele e osso. Fora meu irmão — e agora meu pai e eu — os verdadeiros pais de Rosana. É o velho ditado: "Mãe e pai não são aqueles que procriam, mas sim aqueles que criam".

Carlos morreu enfrentando a polícia.

PENSO QUE É SÓ nas histórias de ficção que as pessoas passam por metamorfoses súbitas.

Na vida real, mesmo depois desses tremendos golpes, a linha de nossa índole permanece imperturbável e foi assim que me senti no dia seguinte, quando pulei da cama.

E estufando de alegria, corri pelo parque e, girando com os meus cachorros, na maior algazarra, gritava cantando.

Queria acordar todo mundo, pois o sol estava brilhando, céu puro de um azul sem uma manchinha.

E todos acordaram. Puxa, não dá para esquecer nunca! Na janela, mamãe com Rosana nos braços e por trás papai abraçando mamãe. Minha família, minha família novamente junto de mim. O café foi servido em homenagem a mamãe no gramado verde do imenso parque, debaixo das árvores floridas, com a mesa guarnecida de cristais, porcelana e prataria.

Mamãe riu. Meu Deus! O seu primeiro riso depois de um ano e quatro meses entrou por todos os meus poros, fazendo-me saltar da cadeira e beijar aquele rosto adorado.

— Desculpe-me, mamãe, mas vou beijá-la todos os minutos de minha vida para ter certeza que não estou sonhando, que a senhora está mesmo aí em carne e osso e principalmente com alma, espírito...

— Não há dúvida, filho. Veja carne e osso fazendo a nossa oração costumeira antes de comermos. A alma... — disse mamãe.

Rosana dançava à volta da mesa dando bolachas para os cachorros e o médico pediatra convidado de papai chegava e não tirava os olhos dela.

Teste para ver o comportamento da criança depois do sequestro. Papai receava que tudo poderia ter afetado o seu organismo, mas, ah, Rosaninha, como adorei e venerei aquele momento. Ela correndo para o médico, seu grande amigo, pois a havia tratado desde os primeiros dias em nossa casa. Foi logo dizendo:

— Sabe, doutor Ari? Esta noite sonhei que homens maus me levaram para um lugar escuro e acordei... adivinha onde?

O médico ajoelhado diante dela:

— Acordou na sua caminha.

— Errado. Acordei na cama de mamãe. Venha cá. Venha ver. A mamãe já fala. Deus lhe deu novamente a memória de tanto eu encher o saco Dele.

— Rosana!

Mamãe falou meigamente:

— Não fale assim de Papai do céu.

Os lindos olhos verdes fixados na imensidão do azul e sua vozinha cálida:

— Desculpe, Deus...

Todos rimos. Algum tempo depois o médico disse:

— Vocês não devem se preocupar. Rosana não apresenta conflitos capazes de prejudicá-la futuramente, mas devo dar-lhes um conselho. Seria de grande importância para seu futuro a troca de todos os empregados. Pois amanhã ou depois poderão tocar no sequestro e na sua condição de criança adotada. Sabe como é, mexericos de empregados.

— Já havia pensado nisto, doutor. Hoje mesmo vamos ligar para uma agência de empregados domésticos. Sentiremos muito, pois temos grande amizade por nossos servidores, mas o futuro de minha filha é sagrado para nós.

Naquela tarde papai pediu-me para levar Rosana para uma de nossas fazendas em companhia de Walter, que seria o único empregado a ficar conosco. Assim pensei, mas...

MAMÃE FICARIA para selecionar os novos empregados. Antes de viajar procurei-a para lhe pedir a bênção. Ela estava no escritório de papai conversando com Zefa.

Zefa contava que se casara muito jovem com Carlos, e logo soube que ele tinha diversas passagens pela polícia. Ele a maltratava muito, principalmente na gravidez, deixando-a até sem alimentação.

— Era só pancadaria, dona Lídia. Ele não queria filho. Chegou a me obrigar a procurar uma parteira, mas como sou religiosa e temente a Deus, não quis matar o ser que se mexia na minha barriga. Então, foi quando a criança nasceu que fiquei sabendo que ele estava me procurando para pegar a criança. Disse que eu ia ver só como se castiga uma desobediência. Acabando com uma vida que acaba de começar. Não sou boba, vi nisso uma ameaça à vida de minha filhinha. Então, comecei a fugir para todos os lados deste mundo. Com o estado nervoso, o meu leite secou. A criança não aceitava mamadeira.

Zefa chorava.

— Então ela foi definhando. Com um ano de idade, era tão raquítica que parecia ter quatro meses. Eu andava pelos postos de saúde e hospitais, mas como também não me alimentava direito, e com o medo dentro de mim, fui enfraquecendo. Um dia, a criança começou a revirar os olhos, parecia desmaiada. Corri para o pronto-socorro e naquele desespero deixei a criança deitadinha no banco até ser atendida. Senti sede. Fui até o bebedouro. Quando voltei não encontrei mais minha filha. Alguém contou que um moço alto, loiro, de olhos verdes tinha levado a criança.

Era ele, o miserável. Deixou a menina jogada no mato da Vila Medeiros, onde um menino que caçava passarinho a encontrou. Quando soube que um jovem belo e rico quis adotar a menina, eu assinei os papéis. Descobri onde ela estava e consegui o emprego de cozinheira.

Zefa limpava os olhos na manga do avental branco.

— Eu só tinha um desejo: ficar perto de minha filha. Oh, Deus do céu, a senhora não pode fazer ideia da minha felicidade vendo minha filha crescer linda, inteligente, forte e, principalmente, em segurança. Nunca, juro por tudo o que há de mais sagrado no mundo, pensei em contar a alguém que Rosana era minha filha. Até que aquele demônio apareceu. Quando soube que ele havia sido escolhido para ser o chofer de Rosana, pensei em contar ao doutor Mascarenhas, mas ele vivia tão amargurado com o caso do seu Renato e a doença da senhora que eu obedecia o Carlos em tudo. Até quando ele mandou pôr remédio para dormir no chá eu pus. Ele sempre dizia: — Me obedece ou a criança morre.

— Muitas vezes cheguei a falar com a senhora, mas a senhora não me ouvia. Eu sabia que a senhora não ia me ouvir mesmo, por causa da doença, mas eu falava e falava só para acalmar o meu espírito.

Eu sabia que qualquer coisa de ruim ia acontecer com a Rosana, mas não tinha forças para impedir. Só rezava. Fiz uma promessa a Nossa Senhora Aparecida que, se nada de mal acontecesse à menina, eu ia pedir ao doutor Mascarenhas para fazer uma gruta lá no fundo do parque para a santa.

Mamãe sorriu.

— Na frente do parque, Zefa. Faremos a gruta bem na lateral direita no meio das roseiras de meu filho Renato.

Olhei mamãe com o rabo dos olhos, pois era a primeira vez que ela mencionava o nome de Renato. Vi que empalideceu um pouco, mas logo se recuperou, continuando a ouvir Zefa.

— Agora, dona Lídia, sei que a senhora está trocando os empregados e que já arranjou cozinheira.

A voz engasgou na garganta de Zefa e ela caiu de joelhos, agarrou as pernas de mamãe e gaguejando ela implorava à mamãe que não a deixasse ir embora.

— Juro por Deus! De minha boca (e batia com a mão aberta nos lábios), que a terra há de comer, não falarei para ninguém que Rosana é minha filha. Juro, juro, juro. Oh, meu Deus, me ajude, faça com que dona Lídia me ouça.

E Zefa ficou.

Alma nobre, bondosa, discreta, trabalhadeira, era credora de toda a nossa confiança. Só havia um porém, que com o passar do tempo talvez se dissolvesse: a grande antipatia que Rosana sentia por Zefa desde a tenra idade.

Lembro-me que uma vez Dalva me contou que Rosana não suportava a presença de Zefa. Uma vez, precisou se afastar e pediu a Zefa para continuar a dar mingau a Rosana. Minha irmã esperou encher a boquinha e em seguida cuspiu todo o mingau no rosto da cozinheira.

Rosana não teria agora nem um relacionamento com as novas empregadas. Talvez vendo que Zefa era a única antiga, procurasse a sua amizade. Vamos esperar.

Bem, pelos cálculos de Zefa, Rosana estaria com 5 anos.

NAQUELA TARDE, de braços dados com mamãe, que, jurava que estava ótima, que eu poderia viajar sossegado, atravessamos os numerosos (como sempre!) repórteres aglomerados no gramado que se estendia ao largo do parque.

Rosana era fotografada sem parar e a diabinha fazia pose, contando que ia para a fazenda, que o pai lhe comprara um lindo cavalo, que sabia montar e que havia sonhado com homens maus.

— Vamos, vamos Rosana. Se você ficar aí no papo, não vamos chegar a tempo de você ver o cavalinho.

Quando o carro ia partir, mamãe pôs a cabeça para dentro do auto, dizendo:

— Walter, muito cuidado com essas duas crianças, pois são os seres que mais amo na vida.

— E papai, hein, mamãe?

O carro partiu com nossas risadas altas.

JÁ FAZIA QUINZE DIAS que estávamos na fazenda quando meus pais chegaram. Papai pilotando um novo bimotor. Adorei, ainda mais que papai permitiu que eu desse um giro pelos ares sozinho, pois eu já sabia pilotar. No tempo azul da vida de Renato, ele havia me ensinado, já que era exímio piloto.

Assim que pousei, papai e mamãe me abraçaram e papai disse:

— Roberto, meu filho, gostaríamos de saber se você concordaria em mudar de casa.

— Mudar?!

— Sim, filho. Sua mãe escolheu uma linda casa, lá mesmo no Morumbi. Sabe, filho, sofremos muito na atual casa. Sua mãe achou muito boa a minha decisão. Agora só esperamos a sua.

Pensei por um longo tempo revendo toda a parte boa, a parte azul de nossa linda casa rodeada de imenso parque.

— Lá nasci. Lá vivi. Lá sofri. Lá perdi meu querido irmão.

Eu era jovem, talvez não pudesse avaliar o que se passava na alma de meus pais com tudo o que sofreram. Tinha de pensar neles. Por mim, não mudaria, não me afastaria das coisas de que Renato mais gostava.

— Concordo em mudar papai, mas por favor não venda a casa.

— A casa é sua, Roberto, é o nosso presente pelos seus 16 anos.

— Minha?!...

— Sua.

— Mas, papai, eu... Puxa, nem sei o que falar.

— Não fale nada.

Mamãe colocou as duas mãos no meu rosto e me beijou na testa.

— Tudo o que é nosso será seu e de Rosana algum dia, mas agora lhe damos a mansão de que Renato tanto gostava. Sei que isto o torna feliz, meu filho. Também compramos um bonito sobrado num bairro próximo ao Morumbi. Ali na cabine do avião está a escritura. Você a dará a Walter, que fez tanto por nós.

Puxa, vocês precisavam ver a cara do Walter!

Com os olhos anuviados de lágrimas, ele beijou a escritura, dizendo:

— Minha mãe vai ficar louca de alegria! Olha, Roberto, você sabe, seus pais não precisavam me dar esse presente, pois o sentimento da grande amizade que sinto por vocês e...

— Ora, amigão, não diga mais nada. E quer saber de uma coisa? Já que ganhamos cada um uma casa, vamos comemorar lá em São Paulo na casa nova de meus pais.

A casa nova não era casa, mas sim a mais linda mansão do mundo, naquela beleza de luxo e graça que até parecia palácio de sonho. Rosana adorou e perguntou a mamãe:

— Mamãe, quem é toda essa gente?

— Nossos novos empregados. Que estão ali no alto da escadaria para nos dar boas-vindas.

Rosana abriu a porta do carro, mas o mordomo desceu correndo, acompanhado de uma babá simpática.

— Esta é sua babá, Rosana.

Rosana fingiu não ouvir e quando a babá estendeu a mão para ajudá-la a descer do carro, virou-lhe as costas e subiu as escadas correndo.

O mordomo disse:

— Lúcia, cuide da menina. Cuidado com as escadarias e a piscina.

Papai me apresentou os novos empregados. Meu ajudante chamava-se Nícolas. Ele apanhou as malas e mamãe disse:

— Seus aposentos são na ala direita, meu filho.

E QUE APOSENTOS, dignos de um rei!

Assim que entramos na casa, admirei a grandiosidade do *hall*, de largas portas abertas para a biblioteca do lado esquerdo e, à direita, um imenso salão, depois mais salas. Brinquei com Nícolas:

— Puxa, aqui dá para morar um exército!

O empregado, de expressão alegre e bondosa, riu:

— Nem tanto, senhor!

Xi! Lá vinha novamente o "senhor"! Mas, como papai havia explicado, esses empregados eram preparados para cuidarem de famílias de alta classe e se fôssemos mudar o que haviam aprendido, só poderíamos prejudicá-los. Por isso, deixei que me tratassem como quisessem: Senhor, Excelência, Majestade, sei lá. Bem, não vou descrever nossa rica e luxuosa mansão, pois, francamente, nem me sentia bem no meio de tanto luxo depois de Renato me levar a conhecer tantas favelas apinhadas de gente em cômodos de madeira.

Naquela noite, no salão de jantar, Rosana, chorando, disse:

— A mesa é muito grande, a sala é muito grande, o lustre é muito grande. Tenho medo de sentar longe de você, papai.

Papai, que sempre nos educou à moda antiga, nem ligou que Rosana o tratasse de você e até riu:

— Então venha para junto de mim.

O copeiro ia pegar Rosana, mas ela disse:

— Chamem a minha babá.

Lúcia chegou e Rosana falou:

— Não saia detrás de minha cadeira, pois se eu precisar de você é só esticar a mão.

Os olhares de meus pais se cruzaram com o meu. Sei que o pensamento foi o mesmo.

Rosana mudava. Antes tão meiga e carinhosa, agora... bem só o futuro diria o que poderia acontecer.

Naquela ocasião, achávamos que fora o choque do sequestro.

— Bem, Roberto, agora parece que voltamos a ser felizes.

Papai parou um momento e sei que ele pensava em Renato.

— Bem, quase felizes, pois Deus nos deu a cura de minha adorada esposa e a volta... quero dizer, a beleza de meu bebezinho.

Apertou as gordas bochechas de minha irmã, que dizia:

— Não sou mais um neném, como dizia Renato. Sou uma senhorita, como dizem no "meu" colégio.

Rimos.

— Bem, agora quem tem que ir para o colégio é você, meu filho.

— Amanhã começo, papai, e serei um grande engenheiro, como você. Oh, desculpe-me.

— Pode tratar-me por você, Roberto.

— Não papai, quero continuar a ser à moda antiga.

VOCÊS NEM PODEM acreditar no cursinho em que fui entrar.

Papai disse que há deficiência de ensino e que criaram a necessidade de cursinhos, que nos levam até a universidade. Talvez eu não precisasse dele, mas o sofrimento com a morte de Renato, a doença de mamãe e o sequestro de Rosana me deixaram esquecer uma porção de coisas. E por isso, a conselho de meu amigo Marcelo, fui, gostei e me matriculei. O curso era razoavelmente caro e os professores ganhavam aparentemente bem.

Sentei-me numa cadeira bem na frente, pois Marcelo tinha dito:

— Roberto, você vai ver como os professores daqui ensinam. São atores. Gritam, cantam, e se fazem de personagens históricos. Dizem que é mais fácil empurrar para a faculdade alunos de cabeça oca.

E o professor chegou.

Alto, magro, de óculos, entrou rindo e, olhando para a lousa, leu as inscrições que momentos antes escrevera: "O Roberto não é mais aquele, olha a cara dele. Viva o novo aluno".

Em seguida, fez uma careta, abriu os braços e disse:

— O professor Armando, que sou eu, está deslumbrado com o novo aluno que prendeu uma quadrilha de traficantes de drogas. Por isso, todos vocês, meus duzentos alunos, devem gritar:

— Roberto não é mais aquele...

Uma aluna se levanta, vem para minha carteira, me entrega flores e me beija.

Palmas.

— **AGORA, PESSOAL,** vamos à aula. Química. Bem, a aula tem de ser leve, dinâmica, senão vocês vão ficar birutas e, afinal, vocês têm de aprender dessa química, em um ano, o que não conseguiram aprender em três de colegial.

E o professor jovem e alegre deu aula-*show*, representando um amigo e não o professor que fica lá no alto.

AGORA, FÍSICA. Quem explica é um professor jovem e simpático: Eduardo. Ele muda o estilo da aula conforme a turma. Digamos, quando a aula é de Psicologia, ele quer que respondam cantando.

Na aula de Física, ele diz:

— Olhem bem quando eu acender a luzinha (ele faz um gesto com os dedos da mão direita imitando uma lâmpada que se acende), vocês devem dar definição aqui. Mostra o desenho. Quando eu acender a da esquerda, vocês dão esta outra. Ok? Agora, preparados, atirar todos juntos.

Ao final dessa aula conversei com uma colega sobre o que achava do curso.

— Acho o melhor cursinho de São Paulo. Sem professores caretas que querem proibir tudo. Aqui, não! Você vem vestido como quer, quando quer, fuma se quiser, conversa com os professores. Só faço uma ressalva: há muita mistura. Sou da classe alta e não consigo me adaptar com essas comerciárias, bancários, professorinhas.

Sorri.

— Como é seu nome?

— Sales Figueiredo, Débora.

— Pois é, Débora, vai ver que eles pensam o mesmo de você. A alta classe não deveria estar aqui ocupando o lugar de muitos jovens que trabalham de dia fazendo um tremendo esforço para subirem na vida. Se você não se habitua com essa classe, por que não se retira, deixando o seu lugar para outra bancária etc.?

— Você é bem atrevidinho. Vai ver que é lixeiro.

— E se fosse? Não é desonra nenhuma trabalhar, nesta ou naquela profissão.

— Para você. Uma Sales Figueiredo não se sujeitaria a conversar com peixeiros. Por isso...

Virou-me as costas e se foi, balançando a linda cabeleira loira.

Na hora da saída, Walter me esperava bem em frente ao prédio do cursinho. Quando ia entrando no carro...

— Oi! Quer uma carona?

Era Débora, dentro de um reluzente carro esporte vermelho.

— Não.

— Não? Por quê?

— Tenho o meu carro e meu chofer. E o principal: estou afoito, doido, nervoso para ver minha mãe.

Ela riu.

— Ah! É dos tais que estão sempre agarrados à saia da mamãe?

— Da minha mãe, ficaria agarrado até morrer.

— Então poderíamos sair à noite. Que tal? Posso passar pela sua casa...

— Não, não. Minha família precisa de mim. Desculpe-me, sim?

O guinchar de pneus e o carro em disparada.

Walter riu.

— Que gata! Nunca vi moça mais linda na minha vida!

— Linda, mas vazia.

— De qualquer forma, você poderia sair com ela e se distrair um pouco. Faz anos que você não vai a lugar algum.

Passei a mão pelos cabelos compridos que me caíam na testa.

— Às vezes, penso em voltar para a minha turma de amigos, mas não sei por que desisto logo. Penso mesmo que tenho medo de ficar longe de casa, como agora, e mamãe voltar àquele mundo de sonhos.

— Dona Lídia está ótima, me... quero dizer, Roberto. Você nem imagina o que ela fez hoje!

Arregalei os olhos sentindo um ardor na garganta, como sempre quando recebia uma má notícia.

— Não se assuste, Roberto, pois sua mãe foi para o clube, guiando o carro, que ela foi comprar e voltou para casa cheia de pacotes, dizendo:

— Que tal estou, Walter? Veja: cabelos, pés e unhas da mão lindas, uma beleza. Meu Roberto vai ficar contentíssimo.

Walter coçou a testa:

— Ora, nem deveria ter-lhe falado sobre isso.

Eu ria, já com as lágrimas pingando:

— Mamãe fez isso?! Oh, Deus do céu! Que maravilha, mamãe voltou a se interessar por essas "coisas" de mulheres!

Quando a mulher começa a se enfeitar é o mais forte prognóstico para a cura total. Penso que isso abriu o meu caminho para as minhas festas e talvez uma namorada.

Namorada misturada com estudos.

Rimos.

QUANDO CHEGAMOS, já era hora do jantar. Papai, Rosana e eu esperávamos mamãe descer. Conversávamos quando o mordomo subiu as escadas e desceu sorrindo e, num dos patamares da escada, se empertigou todo e disse:

— Senhores e senhorita Rosana, apresento-lhes madame Lídia Lopes Mascarenhas.

Alguém colocou uma música e o som alto acompanhava aquela deslumbrante mulher que descia lentamente, sorrindo na pose digna de uma rainha.

Eu estava surpreso, boquiaberto. Rosana riu e bateu palmas. Papai foi ao seu encontro e pegando-a pela mão fez com que girasse naquele lindo vestido azul.

Os sapatos. O que mais me chamou a atenção foram os sapatos também azuis, de saltos bem altos, que nunca mais mamãe usara. Os cabelos em cachos fofos, que pareciam de seda. Ela chegou bem perto de mim e, brincando, disse:

— Rubens, quem é esse belo e alto jovem de olhos brilhantes e um rosto de Adônis?

— É o Bebeto, mamãe, você não o conhece?

Mamãe levantou Rosana e, apertando-a nos braços, riu:

— Claro que conheço, meu amor. Mamãe estava só brincando. Agora, para o jantar.

Mamãe levou Rosana nos braços e eu com o olhar fixo naqueles saltos altíssimos e feliz vi que ela se equilibrava normalmente.

Um suspiro alegre veio lá do fundo do meu ser. Mamãe, era a minha antiga mamãe!

ENQUANTO JANTÁVAMOS, papai falou:

— Como foi o seu dia de aula, meu filho?

Ri.

— O senhor precisava ver! A aula é um *show*. Todos os professores, verdadeiros atores. Tem até um que é a cara do Toni Ramos!

— Também, podem se dar a esse luxo de representar, pois nunca vi aulas tão caras — dizia mamãe, enquanto tentava arrumar um guardanapo no pescoço de Rosana.

— Chame a babá, mamãe.

A babá às ordens de Rosana, e eu, continuando:

— Os professores acham que esse negócio de dinheiro não é fundamental, o importante é que estão fazendo uma revolução no ensino. Imagine o senhor que um dos professores, Eduardo, formado em Medicina e sócio do cursinho, tem ideias próprias sobre a educação e gosta de testá-las. A maioria dessas ideias deu certo. No ano passado esse curso conseguiu preencher a maioria das vagas em Medicina. O que mais me anima, papai, é que soube que em todas as nossas faculdades, os alunos selecionados no vestibular, em sua maioria, eram alunos do "nosso" cursinho.

Papai pensou um pouco.

— Escute, filho, será que você não passaria no vestibular sem fazer o cursinho?

— Não, papai. Apesar de todos pensarem que sou um gênio, meu ensino secundário foi muito deficiente. Lembro-me que não tive aulas de Eletricidade e Genética. Acho também que nas aulas de Física faltaram algumas partes, como Cinemática, Estática e Dinâmica. Também me parece que faltaram partes sobre Zoologia e Botânica. O senhor sabe que muitos alunos que terminaram o colegial, e que agora frequentam o "nosso" cursinho, também se queixam de que o curso que fizeram oferece somente vinte por cento de base para o vestibular. Expuseram a deficiência material dos colégios: em alguns falta até laboratório. Sabe, papai, uma coisa que muito me preocupou foi que quase todos os trezentos colegas têm a mesma reclamação dos outros colégios. O distanciamento dos professores e alunos que não formam uma comunidade. Alguns viam nos professores apenas inimigos que estão lá para reprová-los. Um aluno, quando chamado pelo professor Eduardo para expor seu relacionamento com o antigo professor, disse:

— No colégio onde estudei, os professores pareciam dar aulas com um revólver cutucando as suas costas. Era uma tremenda má vontade.

O professor Eduardo:

— Alguém tem algo a retrucar sobre isso?

Eu falei:

— Penso que os professores não se sentem motivados devidos aos baixos salários que recebem.

Palmas.

Um outro aluno, que cursou colégio público:

— No colégio público onde estudei existe o problema da cátedra. Professores e livros ultrapassados. Professores que não abandonam a sua posição e têm a mania de ensinar com a mesma didática de trinta anos.

Outro aluno:

— Meus professores eram todos muito formais. Não era possível o diálogo. Eu nunca aprendi Química na minha vida, porque não consegui falar com o professor da matéria. Todas as vezes que me dirigia a ele, dizia: Na próxima aula... "na próxima aula". E nunca chegou a próxima aula. Para eles, os professores, nós éramos seres inferiores ou, mesmo, criancinhas.

Outro aluno:

— É mesmo. No "meu" colégio, meus professores ficavam plantados num pedestal tão alto, que não conseguíamos alcançá-los, nem com a escada Magirus...

Risadas mil.

— Bem, e o que vocês acham deste colégio? Fale você, Roberto.

— Eu... bem, professor, penso que a moçada chegando aqui recebeu um tremendo choque, não? Pois tive professores amigos, mas a maioria descobre que aqui mestre é amigo. Mestre que nunca fica lá no alto do pedestal, mas sempre em igualdade com a gente.

Papai riu e mamãe disse, com uma piscadinha:

— Vamos falar de outra aluna, pois ela está louquinha para contar o que aconteceu em seu colégio.

— Até que enfim vou poder falar, hein, Bebeto?

— Então, fale. No seu colégio todo mundo ganha pirulito e leva brinquedinho para passarem o tempo.

— Mamãe, o Bebeto é um bobão, pois aposto que ele nem sabe o que é rapé.

— Rapé? E você sabe?

— Claro, hoje lá no colégio um menino jogou rapé na classe e todo mundo começou a espirrar. Aí, então, a aula foi suspensa e a professora foi pedir ao diretor para castigar aquele aluno engraçadinho. Mas o diretor não concordou, porque disse:

— Punir, como? São todos filhos de milionários!

Rosana ria:

— Imagine, papai, se fôssemos pobres!

Ficamos admirados de como Rosana se expressava. Dia a dia ela se revelava de uma inteligência rara. Na hora do jantar, sempre tinha novidades para discutir e questionava como um adulto. Seu jeito ia se modificando. Trazia nos gestos, no modo de falar e de agir, a finura de pessoas privilegiadas. Engraçado que Rosana me lembrava Renato quando pequeno, exigindo que os empregados lhe amarrassem os sapatos e lhe pegassem tudo que caía.

Quantas vezes ouço a vozinha de Rosana que me vem de 12 anos atrás:

— Lúcia, pegue o meu lenço. Lúcia tire a minha meia. Zefa saia da sala de visitas, elas não foram feitas para...

— Rosana! Rosana!

— Está bem, Rober — agora era Rober —, mas lá no meu colégio aprendemos que os criados têm de obedecer às nossas ordens. Ah, e por falar nisso, preciso pedir a mamãe uma serviçal de quarto. Todas as meninas de meu colégio têm e dizem que é costume as pessoas de nossa posição possuírem secretário particular. Você tem o seu secretário, não tem, Rober?

— Eu tinha, Rosana, mas agora já sei amarrar os meus sapatos.

— Bobão. Bem, vou falar com mamãe.

Fiquei pensando que deveríamos colocar Rosana num colégio mais simples. Meus pais pensavam que estavam fazendo o melhor para Rosana, mas esse melhor só o futuro diria, pois, se algum dia ela descobrisse que era filha de Zefa... Senti um arrepio percorrer todo o meu corpo e aquelas alfinetadas na garganta. Pedia a Deus que isso nunca acontecesse! Bem, mas voltemos ao meu cursinho. Eu adorava os meus professores, pois eles se despojavam de todos os formalismos e se dirigiam a nós na linguagem usada por toda a juventude do colégio. Abandonavam o ar doutoral e vinham para o meio da nossa turminha.

— Tá tudo legal, pessoal?

Eles usavam expressões de gíria, brincavam e contavam piadas. Mas na hora da aula, davam a matéria tão bem explicada que não havia aluno – como dizia o professor Eduardo – que ficava de boca aberta comendo mosca.

Um dia, encontrei o professor com uma porção de modelos feitos de madeira que carregava debaixo do braço.

— Oi, professor. Gostaria de lhe falar um pouco sobre Química.

— Falar? Ah, nem precisa! Veja o que mandei fazer em madeira: reproduções de moléculas e cristais. Está vendo? Assim deve ser o professor, conseguir o prodígio de humanizar a matéria.

E o professor, ali mesmo, no grande *hall* de entrada do prédio, se entusiasmou e ficou falando:

— Vejam. Aqui umas casinhas estreitas, apertadas e moram dois homens. Para conviverem seria aquele problema, mas agora imaginem se moram um homem e uma mulher: comem na mesma mesa, dormem na mesma cama e se dão às mil maravilhas. Assim é o orbital, casinha onde moram os elétrons. Eles só se dão bem se têm *spins* diferentes, opostos. Vocês já sabem que *spins* é o movimento de rotação do elétron em torno de si mesmo. Se eles fossem iguais, nesta casa pequena não poderiam conviver. Entenderam? Agora, para a sala de aula.

ASSIM QUE O PROFESSOR virou as costas um dos alunos apertou os lábios.

— A gente tem de aguentar cada uma! Esse professor pensa que é um gênio, mas não passa de uma besta. Pensa que sou o quê? Uma casinha pra cá, uma casinha pra lá. Bah!

Uma das alunas retrucou:

— Sempre tem um espírito de porco no lugar em que não é chamado. Imagine, fiz o colegial, mas só vim aprender Química com o professor Eduardo. Para mim, ele é um verdadeiro gênio.

— Gênio, com circuito interno de televisão e computador? Gênio, com todos esses sistemas modernos, até eu...

BEM, "MESTRA", acabei o cursinho e agora vou indo para o vestibular.

Agora, mais estudo.

Como centenas de milhares de jovens brasileiros, estou nervoso, tenso. Tenho de jogar todo o meu futuro nestes poucos meses. Digo futuro porque a gente não sabe o que podem nos trazer os anos que vêm pela frente.

Classe rica também poderia descer para classe média, ou mesmo a classe pobre, e então temos que nos esforçar para arranjar uma profissão que nos garanta o pão nosso de cada dia e o meu irei garantir lá nos Estados Unidos, pois é o desejo de meu pai e eu não quero magoá-lo com um "não quero estudar".

Quem ficou triste e caiu no choro foi Rosana, mas quando soube que todos os anos iria passar as férias comigo, se conformou. Meus pais têm apartamento em Los Angeles. Walter e Nícolas irão comigo.

FUI, ESTUDEI SEIS ANOS. Voltei como doutor em engenharia.

Ganhei de meus pais um grande escritório na avenida Paulista e lá passo a maior parte do tempo de minha vida, pois adoro trabalhar.

O que me deixou admirado quando voltei de Los Angeles foram as inúmeras cartas que recebi dos estudantes brasileiros que leram *O estudante*. Puxa, "mestra", você não pode fazer ideia da alegria dentro de mim ao saber que o sacrifício da vida de meu inesquecível irmão Renato abriu a cabeça de muitos jovens que estavam lidando com drogas e agora estão recuperados. Então, como previ, Adelaide, o livro está servindo para mostrar aos nossos jovens de hoje que a droga só pode levar à desgraça e à loucura.

Sabe o que faço?

Respondo às cartas e as guardo lá na minha casa, no quarto de Renato, bem perto de uma enorme foto dele recebendo a hóstia na sua primeira comunhão.

Renato está cobertinho de cartas. Puxa, como amo meus irmãos brasileiros que atenderam a meu apelo. Bem, "mestra", parece que a pomba da paz caiu sobre o meu lar que tem o nome de "mansão Rosana" em homenagem à minha irmã que está a oitava maravilha do mundo nos seus 11 anos. Encontrei Rosana uma verdadeira dama. Quando cheguei, ela entrou correndo, gritando:

— Doutor Roberto, doutor Roberto!

E, quando me viu, esticamos os indicadores e dissemos juntos:

— Meu Deus, como você cresceu!

Rosana, minha pequena Rosana, linda, tão linda como um quadro de Michelangelo ou Leonardo Da Vinci. Alta, corpo exuberante, dentes lindíssimos, brilhando como porcelana. E os olhos? Duas fontes luminosas jogadas no verdor de um recanto colorido de um bosque que fazia um maravilhoso contraste com a pele acetinada cor de canela. Os cabelos negros encaracolados batem pelos ombros, emoldurando a face onde se estampam a alegria e a felicidade.

Ela se virando e revirando dentro de uma calça de malha muito justa, dizia, sorrindo:

— Estou uma beleza, não estou, Rober?

Abracei-a de encontro ao meu coração.

— A mais linda beleza do mundo.

Rimos e ela disse:

— Mas você não fica atrás. Está um artista! Vou ter um ciúme danado de você quando as mulheres começarem a voltar a cabeça para vê-lo passar.

— Bem, não me queixo: sou alto, não sou? Tenho um corpo atlético, não tenho? Dentes perfeitos, olhos e cabelos castanhos. Braços e pernas perfeitas. Veja, nem um defeito para um homem de 24 anos e já formadinho. Venha, vou lhe mostrar o meu diploma e o presente que lhe trouxe.

— Uma orquestra de anjos que tocam música igualzinha à de Renato. Oh, Rober que maravilha!

Rosana debruçada na minha cama ouvindo a suave música que os anjos tocavam.

Quando mamãe entrou no quarto, Rosana pediu:

— Mamãe, quero que meu chofer me leve até a mansão de Verinha, pois vou lhe mostrar o que Roberto me trouxe dos Estados Unidos. Verinha vive se gabando que tem todas as coisas do mundo eletrônico. Agora só quero ver a cara dela quando ver minha linda orquestra!

— Está bem, filhinha. Peça a Lúcia que a acompanhe.

— Xi, mami, não sei quando você vai perder essa mania careta de mandar a Lúcia para todos os lados comigo. Por mim já mandaria o chofer embora e eu mesma guiaria.

— Sabe guiar, Rô?

— Claro, bobão. E quem, hoje em dia, com 11 anos, não sabe dirigir? Só essas leis bestas que me impedem de sair por aí com o meu carro.

Rosana saiu e mamãe disse:

— Sabe, meu filho, estou muito preocupada com o comportamento de Rosana. Desde pequena sempre achamos, tanto nós como os seus professores, que ela tem a mentalidade acima do normal para a sua idade. Todos os dias sentimos isso quando a vemos conversar inteligentemente com as pessoas de quem ela gosta. Quando não gosta, vira-lhes as costas e simplesmente sai da sala ou da festa. O pai lhe faz todas as vontades e Rosana é cheia de habilidades e manhas para convencer a qualquer um para lhe realizar os seus desejos. Seu pai lhe comprou um cavalo que é um verdadeiro demônio. Todos ficam apreensivos quando ela monta. Que coragem tem essa menina! Mas, na última vez que estivemos na fazenda, pedi a ela para não sair a cavalo pois chovia muito. Ela riu, beijando-me:

— Ora, mamãe, se tiver de morrer, tanto faz a cavalo ou numa cama envolta em lençóis de cetim. Eu prefiro a cavalo. O meu Leopardo.

— É o nome que ela pôs no cavalo. E, sem se importar com os meus apelos, saiu a galope, chicoteando e abusando das forças do animal sem dó nem piedade. Quando voltou, estava uma lástima, molhada e com o rosto arranhado e o cavalo mancando e sangrando onde ela lhe havia enfiado as esporas. Seu pai chamou-lhe a atenção e pediu ao tratador para buscar o veterinário, o velho Guedes, que ainda mora na fazenda. Rosana ria.

— Claro que o machuquei! Ele quase me jogou num abismo!

— Mas, minha filha, sua mãe não aconselhou você a não sair com essa tempestade?

— Mas eu quis sair, paizinho.

Sentou-se no colo de seu pai e lhe beijou todo o rosto.

— Papai não está zangado com sua Rosa, está?

— Rubens sorriu e apertou-a nos braços, jurando que não. Penso, meu filho, que daqui a alguns anos ninguém poderá dominá-la. É muito independente, orgulhosa e, às vezes, penso que má.

— Mamãe! A senhora pensou bem o que disse? Rosana má? Mas ela sempre foi tão meiga de cuidados com os animais... Animais? Onde estão os cães, mamãe?

— Morreram, querido.

Senti um choque e chorei. Chorei por algum tempo, lembrando num segundo todas as alegrias com que os cachorrinhos de Renato envolviam a gente, principalmente a Florzinha, que até dormia com meu irmão, estando ele drogado ou não.

— Oh, Flor, Tuli, Bolão, Toga... como os amei e como os amo ainda!

— Onde estão enterrados?

— Seu pai mandou enterrá-los lá na sua casa, filho, debaixo do roseiral de Renato.

— Oh!

Mamãe também enxugou os olhos e falou:

— Bem, filho, voltemos a Rosana. O que mais me deixa preocupada é a raiva, o ódio, a aversão que ela sente por Zefa.

Arregalei os olhos.

— Rosana tem prazer em maltratar a Zefa. Outro dia, sem ela me ver, observei-a horrorizada, enquanto ela, lá na cozinha, dizia:

— Ouvi dizer que você perdeu uma filha, é mesmo?

Zefa ajuntou as duas mãos e com voz emocionada e os olhos brilhantes como se estivesse diante de uma santa respondeu com voz funda:

— Sim, senhorita Rosana, perdi uma menina tão linda como a senhorita.

Rosana riu e virando o rosto para o lado cheio de desprezo falou secamente:

— Como se atreve a comparar sua filha, logicamente uma negra, comigo? Não admito isso, está ouvindo?

Zefa chorava, roendo as unhas até sangrar.

— Desculpe-me, senhorita, mas é que sofri muito quando fiquei sem minha filha.

— Que me importa se você sofreu ou não? O que me interessa é que você me deixe em paz. Você pensa que não vejo que vive todo o tempo que estou em casa me rodeando, me importunando, com docinhos, salgadinhos, bolinhos? Eu odeio tudo isso, odeio o que vem de suas mãos. Mãos de uma negra encardida, porca, porca, porca!

Chegou perto de Zefa e a sacudiu por um braço, gritando:

— Por que não vai embora daqui como os outros criados? Não sei por que só você ficou. Sinceramente, não entendo. Aposto que você ficou se arrastando aos pés de meus pais para permanecer aqui. Vá embora, ouviu? Ninguém a quer aqui. Ninguém, ninguém!

— Você precisava ver o rosto da pobre Zefa. Eu não sabia o que fazer, a situação era absurda, tudo me parecia irreal. Parecia que alguma coisa me tolhia os movimentos. Não consegui nem andar ou falar. Só depois que Rosana saiu batendo a porta foi que consegui sair daquele entorpecimento e corri abraçando Zefa. Acalmei-a:

— Zefa, você quer ir trabalhar na fazenda? Fale com Rubens. Assim ficará longe de Rosana e eu não a verei mais maltratá-la como hoje. Foi horrível, senti um grande sofrimento mas, você entende, não posso chamar a atenção de minha filha, aliás Zefa (falei baixinho, quase dentro do seu ouvido), a *nossa* filha.

Ela apertou-me as mãos com força e com as lágrimas a lhe rolar pelas faces amarguradas, pediu:

— Dona Lídia, pelo amor de Deus, não me mande embora. Eu morreria se não a visse mais. No começo, pensava que a dor pior era aquela, aquela ali sem a minha filhinha, tão pequenininha. Mas depois, vendo-a crescer dia a dia, tão inteligente, tão linda, crescia dentro de mim um amor tão grande, tão forte, que parecia estourar o meu cora-ção. E quanto mais o tempo passa, mais a amo, mais a adoro. Com o passar do tempo — né, dona Lídia? — a dor de perdê-la é mais forte. Por favor, deixe-me ficar. Juro que nunca tocarei no assunto. Pela saúde dela, juro que de minha boca nunca saberá. Só quero vê-la crescer, crescer. Quero vê-la grande, moça, casada. Oh, dona Lídia, por Deus, deixe que esse meu sonho se realize. A senhora não faz ideia do medo, do inferno que vivo só de pensar que chegará o dia e que a senhora falará: — Vá embora Zefa. Ninguém a quer aqui.

Abracei-a novamente e juro que também chorava. Com medo de que algum dos empregados nos visse, fechei a porta e lhe disse:

— Pode viver sossegada, Zefa. Eu sei e sinto o esforço que você faz para se dominar. Vejo sempre nestes onze anos que os seus olhos estão sempre molhados de lágrimas...

Ela me interrompeu, nervosa:

— São lágrimas de felicidade por vê-la tratada como uma princezinha. Só Deus sabe como eu agradeço por ela estar aqui.

— Então está bem. Se você não se importa com o tratamento que Rosana lhe dispensa, prometo perante o Criador que você, enquanto vida tiver, não sairá de nossa companhia.

Zefa se ajoelhou no chão e me beijou as mãos. Saí rápido da cozinha, pois um soluço me apertou a garganta como uma garra de fogo e me lembrei do dia em que perdi meu Renato. Naquele momento, filho, me pus no lugar de Zefa. Coitada. Se a mandássemos embora, como seria triste e vazia a vida para ela. Talvez chegasse a um colapso nervoso e não teria um filho, meigo, generoso, nobre, sublime como o meu para tratá-la.

— Puxa, mãe, eu sou tudo isso aí? A gente nem percebe!...

Mamãe riu:

— Essa frase você me disse quando tinha 13 anos, filho. Lembra-se?

— Se me lembro! Renato queria que eu fosse obrigar uma família a adotar uma criança. Não foi assim, mamãe?

— Exatamente. Adotar uma criança. Oh, Roberto! O que devo fazer com Rosana? Juro que estou com medo. Você já imaginou se ela souber?

— Nunca saberá, mamãe, não se preocupe.

— Filho, não seria melhor falarmos para ela?

Pulei da cadeira.

— Não, mamãe. Rosana está numa idade difícil. É quase uma adolescente. Nessa idade, dificilmente ela compreenderia os problemas da vida. Rosana é feliz, mamãe. Vamos prolongar o quanto pudermos essa felicidade.

— Mas, depois não será pior?

— O depois só a Deus pertence, mamãe. Agora que voltei, cuidarei de Rosana, fique calma, tá?

Naquela tarde fui levar flores para o meu irmão e quando voltei do cemitério fui visitar o lugar onde os meus cachorrinhos estão enterrados e, no dia seguinte, dei um giro pela rua ao encontro de algum cão abandonado e trouxe quatro. Nero, um cachorro esquelético, com o pescoço inchado como uma bola. Depois de tratado, o veterinário disse que tinham amarrado um cordão de náilon com o intuito de enforcá-lo, mas que o cordão cortou, penetrou no pescoço, sobrevindo daí a infecção. Nero foi tratado por Rosana, que quer ser médica veterinária.

Tem todo o meu apoio e o seu, né "mestra"? Rosana me disse que sempre lhe telefona para lhe contar sobre os animais que acha na rua e que cuida deles com todo carinho e em seguida procura uma família para cuidar deles. Renato, meu adorado irmão, se preocupava com crianças. Rosana, meu querido anjo, com animais.

Puxa, como a gente tem o que contar! Ainda bem que agora é sobre animais. E espero que seja sempre assim. Bem, então temos o Nero, a Fofa, a Estrelinha e o Tupi. Cada um tem uma história triste de abandono, tortura, e todas as coisas desagradáveis que muitos brasileiros têm o prazer de fazer contra esses pobres animais que não podem se queixar, pois não podem falar.

Agora fico imaginando o que poderia contar para terminar esse relato. Tudo está bem. Papai, mamãe, Rosana e eu cobertos de felicidade.

Felicidade. Até que enfim vamos viver todos juntos!

Graças a Deus estou no Brasil e sem um probleminha, sem uma nuvenzinha sequer para toldar o nosso céu, tão límpido, tão azul.

Mas... os Lopes Mascarenhas estão predestinados a nunca viverem em paz e essa paz, essa pomba alvíssima que é símbolo do que mais lutamos para possuir, voou de nossa casa e voltou coberta de negro.

Foi numa noite na hora do jantar que tudo começou. Rosana disse:

— Sabe, papai, hoje lá no colégio houve um acontecimento muito desagradável.

Papai, como sempre fazia quando nos dirigíamos a ele para expor qualquer problema, cruzou os talheres no prato e prestou toda a atenção.

— Sobre o quê, filha?

Rosana sorriu com aquele lindos dentes mordendo alguma coisa e levantando a mãozinha de unhas esmaltadas de uma cor que não sei se era vermelho ou coral, fez gestos para papai esperar enquanto engolia o que mastigava.

— Sabe... Bem... A professora disse: — Hoje vocês farão uma redação sobre a família. Uma menina levantou-se e disse:

— Então Carminha não pode fazer. Carminha levantou-se:

— Não posso fazer por quê?

— Porque você não tem família.

A professora dirigiu-se a Gislene, a menina que falava sobre Carminha.

— Gislene, gostaria que você se explicasse.

— É simples, professora, Carminha não tem família verdadeira porque é adotada.

Os olhos de papai, mamãe e os meus se cortaram no ar e se fixaram em mamãe, pálida como um defunto, papai com todo o sangue do corpo concentrado no rosto e eu... Bem, senti aquela dor na boca do estômago e a garganta em fogo, ainda mais quando Rosana continuou:

— Pobre da Carminha, quase desmaiou. Fiquei com tanta pena dela! Também não sei por que a professora consentiu que toda a classe gritasse em coro: "Carminha não tem família, Carminha não tem família". Eu não aguentei, saí da classe sem permissão e vim para casa... Depois vou telefonar para ela, saber como está passando. Graças a Deus eu tenho família e me orgulho disso, pois se estivesse no lugar de Carminha... Penso que não resistiria. Juro que preferia morrer. Credo, que vergonha! Ser adotada!

Um silêncio pesado caiu na sala.

Papai voltou a pegar nos talheres, mas vi que não comia. A expressão do rosto de mamãe era dolorosa. Estiquei minha mão e apertei a sua: estava gelada. E, rindo num riso falso, disse para Rosana:

— Você é mesmo uma boboca. Então criança adotada não tem família?! Ora, Rosana, julgava que você fosse o gênio descrito por aí. É óbvio que Carminha tem família e uma família valorosa, pois foi criada com tanto amor que aposto que não trocaria a família que a adotou com a outra.

— A verdadeira, você quer dizer.

— Verdadeira é a que ela tem agora, Rosana. Família verdadeira é aquela que se preocupa com a criança, com a sua saúde, educação e a ensina a escolher um caminho sem espinhos que essa criança possa trilhar na vida. Algum dia, Rosana, levarei você a um orfanato de crianças sem família ou lhe mostrarei casas onde as crianças têm pais, irmãos, tios, avós, mas não têm família, pois vivem abandonadas. Ok, Rosana, o que você entende da vida para falar sobre coisas que desconhece?

— Desconheço na prática, Rober, mas estudo sobre nossas crianças que estão jogadas pelas ruas da Grande São Paulo e o meu ponto de vista é o mesmo, não adianta a sua lenga-lenga. Vamos comer, vá papai, pois estou morrendo de fome e quero ligar para Carminha e fazer uma porção de lições.

Mas o jantar terminou para os meus pais que, tensos, agitados, nervosos, não sabiam o que falar. Eu, preocupado com a tristeza que cobria os olhos de meus pais, procurava comer alguma coisa. Mastigava, mastigava, mas era impossível engolir.

Foi um alívio quando Rosana pediu licença, e cantarolando correu para o telefone. Ouvimos que falava alegre e, em seguida, triste, e voltou para o salão de jantar, com o belo rosto decepcionado.

— Imagine, mamãe, o que a Carminha disse: — Sabe, Rosana, as colegas da escola são umas invejosas. Bem que elas gostariam de estar no meu lugar, pois levo um dos sobrenomes mais tradicionais, mais dignos dos paulistas. Aquelas idiotas acham que não tenho família. Estou feliz por ter sido adotada por esses pais encantadores. Me orgulho deles. Amo, venero a minha família.

Essas palavras parecem que lavaram a alma de meus pais e a minha. O jantar voltou a ser um gostoso jantar e eu cochichei:

— Está vendo, mamãe? Que belo exemplo para Rosana, se algum dia ela vier a descobrir! Mas tenho certeza que isso nunca acontecerá.

Mas, aconteceu.

NAQUELA TARDE Rosana apareceu no meu escritório mais linda do que nunca.

Rodopiei na cadeira e levantei-me para abraçá-la.

— O que é isso, maninha? Faltando à aula?

— Faltei, Rober, pois quero lhe pedir um favor.

— E por que a falta à aula?

— Porque quero fazer uma surpresa a papai e mamãe e lá em casa não é possível conversarmos sem ter sempre alguém com o ouvido à escuta. Principalmente aquela bastarda da cozinheira.

— Zefa, você quer dizer.

— É... é... aquela negra idiota, vive me espiando. Oh! Como eu a odeio! Juro que, às vezes, nem tenho coragem de voltar para casa sabendo que ela está lá.

— E por que não gosta dela?

Rosana sentada na cadeira giratória ia de lá para cá.

— Primeiro, porque sou racista, segundo, porque ela vive se desdobrando em coisas que talvez naquela cabeça de macaco pensa que são coisas gentis. Depois, porque vive sempre choramingando. Oh!

Rosana rangeu os dentes.

— Por que ela tem de estar lá?

— Porque ela precisa trabalhar e faz comidas deliciosas. Mas não foi para falar de Zefa que você veio aqui, foi?

— Não, não. É que eu quero fazer, no dia do meu aniversário, um baile à fantasia e preciso de sua ajuda.

— Doze anos, não é, Rô?

Ela riu.

— Está me achando velha?

— Velhinha coroca.

— Ora, não brinque, Rober, o negócio é sério. Você me ajuda a organizá-lo? Quero que seja no gramadão do jardim e se estenda para dentro do bosque.

Agora ela estava sentada bem perto de mim com as mãos quentes segurando as minhas.

— Será que papai consentirá que se ilumine o bosque? Ele tem tanto amor àquelas milhares de orquídeas...

— Use de sua influência, maninha.

— Use a sua, Rober. Não sei questionar sobre flores. Sempre fui fraca em Botânica. Sei lá se o calor de luzes não estraga aquelas sensíveis flores...

— Bem, não posso me recusar a organizar o baile, pois você, pelo que soube, já fechou todas as notas. Dez, dez, dez, dez...

— Sente-se orgulhoso de mim, Rober?

— Mil orgulhos, mas vamos saber. De que será a sua fantasia? Princesa, rainha, imperatriz?

— Imperatriz?

Pensei um pouco, estalei os dedos e virando-me pelo escritório, disse:

— Sim, Rosana. Você será Elizabeth, Imperatriz da Áustria.

— Eu sei quem é. Imperatriz que casou com Francisco José e era conhecida como Sissi e que foi assassinada no dia 16 ou 17 de julho de 1898 com um estilete ou velha lima que um anarquista lhe enterrou debaixo do coração.

— Puxa, Rosana! Você sabe tudo! Sissi foi uma das mulheres mais lindas do mundo e seus trajes eram copiados por todas as mulheres.

Olhe, mamãe tem a coleção de mulheres famosas lá em casa. Tem um livro em que a Imperatriz aparece com um vestido bem fino. Acho que é de organdi, e todo bordado de pequenas flores com pedras coloridas. Os cabelos soltos e salpicados também dessas flores. A saia é imensa, penso que você não poderia andar com saia tão armada.

— É decotado?

— Sim, ombros de fora e um lindo leque nas mãos. Que tal?

Ela se atirou nos meus braços.

— Adorei! Descerei as escadarias gradeadas de ouro, com o chão escarlate, com pose de rainha e a turma lá embaixo batendo palmas e gritando: "Rosana, Rosana!"

Rimos.

— Então, você vai comigo buscar o livro para eu mostrar a foto ao nosso costureiro?

— Oh, meu bem, teria o maior prazer em fazê-lo mas, infelizmente, tenho reunião. Você sabe, agora sou um homem de negócios, mas vou telefonar aos meus caseiros anunciando a sua visita. Mas, para você não esperar muito, lhe empresto a chave da portaria. Peça ao seu chofer para tomar cuidado, pois a fechadura do portão, por falta de uso, está meio enferrujada, é um pouco difícil de abrir. Leve a sua criada de quarto, Rosana. Escute bem, não vá sozinha. A casa é muito grande, toda escura, vai assustar você.

— Está bem, Rober. E onde está o livro?

— Deixe-me pensar... Ah! Na estante da biblioteca, aquela que fica do lado esquerdo, com o nome de mamãe. Você, abrindo a porta da estante, vai encontrar seis gavetas. O livro está na gaveta número três. Todas estão numeradas com números prateados, não há o que errar.

— E a chave, maninho?

— Passe em casa e peça ao Nícolas. Telefono já a ele explicando onde está.

Beijei as faces rosadas de minha irmã e lá se foi ela, mandando-me um beijo nas pontas dos dedos, da porta.

Telefonei para Nícolas e entrei na sala de reuniões. Os debates não foram longos e, como sempre fazia, saí para lanchar com mamãe, já que almoçar e jantar não era possível. Problemas e mais problemas das nossas firmas, fábricas, fazendas etc.

A mesa posta no jardim, mamãe me esperando. Como estava linda a minha mãe! Todos os vestígios daquele horrível sofrimento tinham desaparecido. Era como se nunca tivesse ficado doente. O mesmo olhar franco, alegre e reluzente de antigamente. Olhando-a sorridente, faladeira e brincalhona, mal podia acreditar que algum dia esses olhos tão belos poderiam verter lágrimas novamente. Não sei por que essa alegria de mamãe parecia constranger meu coração, como se algum mal estivesse para acontecer.

Sentei-me e o empregado começou a nos servir.

A luz do sol ia aos poucos se levantando, e já estava enroscada nas copas das árvores, bem acima de nossas cabeças.

— Que calor, hein, mamãe? Permita-me que tire o paletó.

— Claro, filho! Realmente é um calor opressivo. Gostaria que chovesse.

— Se chovesse não veríamos essas abelhinhas entrarem e saírem das flores. Mamãe, veja quantas, zumbindo à nossa volta! Rosana, se aqui estivesse, havia de adorar.

— Ah! Por falar em Rosana, Roberto, aonde ela foi tão afoita? Não quis nem falar comigo. Saiu do carro correndo, entrou em casa, voltou com a sua criada e correndo entraram no carro e Rosana, rindo, joga-va-me beijos. Você sabe o que está acontecendo?

— Segredo, mamãe.

— Ora, filho! Haverá segredos para sua mãe?

— Bem, promete que nada dirá a Rosana?

— Prometo.

— Então, cruze os dois indicadores e os beije.

Mamãe ria enquanto beijava os dedos.

— Está bem, mamãe. Rosana quer uma festa de aniversário. Prometi organizar a festa e até já escolhemos a fantasia.

— E posso saber qual é?

— Rosana me fez jurar que o segredo da fantasia será de vida ou de morte entre nós dois. Mas posso lhe adiantar um detalhe. A fantasia será escolhida de um dos seus livros, *Mulheres famosas*. Foi por isso que Rosana saiu cheia de animação. Foi lá na nossa casa buscar um dos livros.

Mamãe tornou-se de uma palidez mortal.

— Buscar o livro? Como, se os livros estão trancados na minha estante particular?

— Eu tenho a chave, mamãe, e emprestei-a para Rosana.

Mamãe levantou-se de um ímpeto e, gritando, dirigiu-se para o meu carro.

— Corra o mais rápido que puder, filho. Vamos para a sua casa. Meu Deus, meu Deus! As reportagens do caso Rosana Lopes Mascarenhas, adotada por nós, estão junto com os livros.

Senti aquela dor funda na boca do estômago, com a garganta seca e queimando.

— Deus do céu, não deixe que ela encontre as reportagens.

Mamãe rezava e chorava sem parar.

O carro voava. E eu só pensava por que ele não virava um foguete e nos deixava na casa e de repente nós estávamos na frente do grande portão que, graças a Deus, esqueceram escancarado e varamos num segundo. Parei na enorme porta e entrei correndo com mamãe em meu encalço.

É... aconteceu, não podia ver direito, pois aqueles pontos luminosos salpicando na frente de meus olhos e a cabeça girando, girando, girando, não permitiam ver direito qual era a reportagem que ela lia, mas ela lia, lia sem levantar a cabeça e quando o fez mamãe já estava ao meu lado e alguém acendeu a luz.

Jesus Cristo, até hoje não consigo esquecer por um minuto o olhar de Rosana fixo em mamãe com o rosto lívido. Então sua voz se elevou estranha, rouca, ríspida:

— Dona Lídia, que diabo está fazendo aqui? E você também, maninho?

O "maninho" saiu cheio de escárnio, com os olhos soltando chamas de raiva.

— Vocês triunfaram. Acabei de saber que sou enjeitada, repudiada, abandonada. Agora podem comemorar o triunfo... Porque eu os odeio, odeio-os do fundo de meu coração. Você, senhor Roberto Lopes Mascarenhas, fez tudo de propósito. Mandou eu vir buscar o tal livro para ver isto, isto!

Pegou a reportagem e me atirou no rosto. E gelei quando vi aquele olhar que parecia de fogo no rosto de cera.

— Rosana...

Minha voz saiu seca, esmagada, sem vida.

— Rosana, por Deus...

— Não fale em Deus, seu cretino, mentiroso. Agora posso falar o que quiser, posso chamá-lo de canalha, de embusteiro, até de rato, porco e tudo o que quiser, pois não sou.— ela gritava —, não sou uma Lopes Mascarenhas. Nunca mais quero vê-la, dona Lídia, sua mentirosa.

Virou-se e correu cegamente tropeçando nos tapetes, derrubando cadeiras e gritando.

Oh, "mestra", eram horríveis, medonhos aqueles gritos ecoando pela mansão deserta.

— Eu os odeio; odeio mentirosos!

Corri, mas não consegui alcançá-la, pois ela já entrava no carro que saiu em disparada.

Voltei para junto de mamãe.

Meu coração quase parou quando vi que os olhos de mamãe viravam por todos os lados e eram as únicas coisas que pareciam ter vida naquele corpo parado, quieto.

— Mamãe, mamãe, não fique assim. Não se preocupe. Rosana foi para casa. Mamãe, mamãe. Rosana me fez jurar que o segredo da fantasia será de vida.

Ela me abraçou.

— Está tudo bem, meu filho. Aliás, eu estou bem, mas que desgraça! Deixe-me ligar para seu pai.

— Ainda não, mamãe. Não quero vê-lo sofrer outra vez. Basta você.

Peguei as mãos de mamãe e as beijei, dizendo:

— Só quero que pense uma coisa, mãe querida. Vou buscar Rosana. Mas, por Jesus Crucificado, não fique nervosa, você está ouvindo?

— Ora, filho, não tenha receio. Não voltarei a ter um colapso nervoso. Estou bem forte. Meu filho, meu amor, meu querido, não se preocupe.

Meu rosto ficou manchado de batom, com seu beijo.

— Vamos para casa, Roberto.

Quando chegávamos, nosso carro emparelhou com o de Rosana, mas só vimos Lúcia e o chofer.

— Onde está Rosana?

Lúcia desceu e disse:

— Seu Roberto, fiz tudo o que pude para ela não descer do carro, quando chegou lá na Praça da Sé. Mas não deu, aquela menina é tão esperta. Quando dei por mim ela já entrava na praça, dizendo: — Vou para o meu lugar. Lá onde ficam as crianças abandonadas e sem família. — Juro que não entendi nada.

— E nem dava para entender, Lúcia. Mamãe, a senhora fica em casa. Não diga nada a papai. Se eu demorar ou passar a noite fora, invente uma desculpa.

Mamãe saiu do carro e eu, dando meia volta, voei para a Praça da Sé. Alguns dias antes, havíamos assistido, num programa de televisão, aos problemas das crianças abandonadas e quase todas, dezenas, centenas se concentravam na Praça da Sé. E Rosana, a bobinha da minha irmã, fora entrar naquele inferno. Estava nervoso, agoniado e gelado, apesar da noite que chegava calorenta e abafada. Deixei meu carro num estacionamento e entrei na Praça da Sé; procurei de um lado para outro no meio daquela multidão que se esticava para todos os lados.

Ambulantes ajoelhados diante de suas mercadorias gritavam os preços, elevando no ar esta ou aquela peça, pipoqueiros, vendedores de bexigas que coloriam o ar. Turmas negociando joias ou objetos roubados, trombadinhas arrancando relógios ou correntes dos passantes, crianças esqueléticas, maltrapilhas, sujas, com o nariz escorrendo, cheirando cola.

Sentei-me num banco atrás de alguns arbustos e quando fui acender um cigarro, vi que não conseguia. Puxa! Como as minhas mãos tremiam!

Desci pelas escadarias do metrô, sendo empurrado para todos os lados. Era difícil ver alguém naquele rodamoinho humano. Subi por outra escadaria que dava para o lado esquerdo da praça: a mesma coisa. Minhas pernas tornavam-se tão pesadas que precisei me sentar na murada da fonte, vendo a água leitosa subir e descer. O tempo ia passando e a massa humana escasseando.

Levantei-me e procurei dar mais algumas voltas. Estaria Rosana por ali?

Estava.

Um baque no coração quase me atirou para trás.

Sentada num banco, mãos cruzadas no colo. Atrás do banco, pequenos arbustos compactos. Foi quando fiquei para pensar o que faria.

Vi que alguns garotos desgrenhados e imundos se cutucavam apontando Rosa e em seguida vieram chegando. Que rostos, Jesus Cristo! Nem pareciam crianças.

— Ei, menina!

Ela quieta.

— Quer cheirar cola? Dito tem uma lata.

— Que é isso? — a voz dela, rouca, gelada.

— É cola de sapato. A gente cheira e fica grogue.

— Grogue?

— Não sabe o que é? Grogue é bobo, biruta, amalucado. É legal, a gente cheira e depois pula como macaco.

— Não, obrigada.

— Então você quer fumar?

Não via o rosto de Rosana, mas as mãos que apareciam em cima da saia pregueada, xadrezinha marrom e branco do uniforme do colégio tremiam.

— Não, não — disse com a voz nervosa.

— Então quer pinga? Olha, embaixo daquele banco, Bituca e Carimba estão bêbados.

— Não, não — a voz era chorosa, apertada, sufocada. — Por que vocês estão fumando e bebendo? São tão pequenos!

Agora chegavam mais crianças apertando nos pequeninos dedos tocos de cigarros que catavam aqui e ali e disputavam a socos e pontapés.

— Não somos pequenos nada. Eu tenho 10 anos, estou na praça desde os quatro.

— E o que vocês fazem aqui?

— Olhe lá.

Segui o dedinho de unhas compridas e sujas e vi alguns garotos arrancarem a bolsa de uma moça que passava e quando fez menção de gritar, foi esmurrada e teve que sair correndo.

— Veja o outro.

O outro, um menino forte e alto, deu um encontrão num velho que caiu no chão e foi depenado num minuto. Levantou-se e correu, gritando:

— Polícia, polícia!

Silêncio.

Em seguida, risadas debochadas e a disputa das coisas roubadas.

— Você vê, menina, a gente rouba, bebe, fuma e cheira cola porque não tem dinheiro pra comprar toco e maconha.

— Não é toco, Bira, burro, que se fala. É droga.

— Ah! Falo como quero!

— Mas vocês não vão para casa? Não têm família?

— A gente tem casa, mãe e pai, mas o pai e a mãe da maioria daqui bebem muito e mandam a gente pedir esmolas.

— Então é a mesma coisa que não ter família. A mãe, o pai me batiam tanto quando eu não levava dinheiro que resolvi fugir. Ainda bem que eles nunca reclamaram pro juiz, então a gente fica aqui mesmo. Até que um dia alguém passa pela praça e vai dizer:

— Puxa, que menino bonito! Vou "adotar ele".

Meu coração bateu com tanta força que não sei como Rosana não virou a cabeça para trás.

— Adotar? Você disse adotar?

— É, todos nós aqui da Praça da Sé não "estava" aqui se alguém tivesse pegado a gente pra criar. Você tem família?

— Não.

Meu coração murchou.

— Não?! Então vai morar na praça?

— Eu sou adotada.

— Adotada? Então, como é que não tem família?

— Já falei que sou adotada.

Os olhos dos meninos se arregalaram, e começaram a gritar:

— Gente, gente, venham ver essa menina! É adotada.

E as perguntas choveram:

— E quem te adotou?

— Fala pra nós.

— Eu quero ser adotado.

— Eu quero uma família.

— Eu também estou cheio desta vida.

— Puxa! Você tem família? Por que está aqui?

O menino que roubara o velho chegou, xingando e com os olhos vermelhos esbugalhados. Eu conhecia muito bem aquele olhar: Renato. Droga.

O que deveria fazer? Ele se aproximava de minha irmã. Eu não poderia interferir porque Rosana ali estava para decidir o seu futuro, e eu sentia lá no fundo de meu ser que o futuro seria voltar para casa. Só em última hipótese eu iria em seu socorro.

O que faria?!

— Deus!

Sim, Jesus haveria de vir em meu auxílio. E ajudaria Rosana. Ele protegeria minha irmã. Eu gelava quando vi o meninão mal-encarado já bem perto e os outros meninos se afastando e formando uma grande roda.

Ele vinha, vinha com aquele olhar mau, cínico, velhaco, fixo em Rosana, que apertava as mãos uma contra a outra e ficou de pé.

Jesus. Mentalizei Cristo no Monte das Oliveiras, lá dentro de meu cérebro. Ele apareceu ajoelhado, com os cotovelos apoiados na grande

pedra vestindo a túnica branca envolvida no manto escarlate, olhos azuis tão puros que rebrilhavam num raio dourado, parado, quieto, que vinha do céu. A auréola luminosa circundando seus cabelos de ouro, as mãos liriais cruzadas e encostadas na barba loira.

— Cristo, por favor, olhe por Rosana. Mande-a para casa, meu bom Pai.

Eu rezava e o rapaz gritava:

— Me dê essa corrente. É de ouro, não é? Deve ter roubado.

Rosana tremia toda e não conseguia soltar o fecho da corrente.

O jovem a arrancou de um solavanco.

Uma menina quase do tamanho de Rosana avançou para ela e lhe arrancou dos cabelos as fivelas de ouro, em forma de borboletas, que eu havia comprado para ela por achá-las lindas. Eram de ouro, olhos de rubi e corpo de pérolas.

Aí, foi aquele avanço. No fim, Rosana chorava, só de blusa e saia.

Alguém ia lhe arrancar a blusa, mas um dos meninos disse:

— Deixe ela, pessoal, aí vêm os homens (a polícia).

Todos correram e o menino riu:

— Viu como enganei os bobos? Agora é melhor você vir comigo. Vamos nos enfiar ali debaixo daquela escada e ficar bem escondidinhos, porque senão, quando eles descobrirem que era mentira, a gente vai levar aquela surra e eles vão enfiar cola pela nossa goela.

— Jesus, Jesus, Jesus!

Eu orava e chorei quando ela disse:

— Não, não. Vou para casa.

— Mas você disse que não tem casa. E nem família.

Ela soluçava.

— Claro que tenho. Oh, mamãe, papai! Venham me buscar!

— Eles vêm? Você acha que eles vêm?

— Não, eu vou. Estou com saudades de minha mamãezinha, de meu paizinho e de meu irmão.

— Puxa, você tem toda essa família?!

— Tenho e eu os adoro. Olhe, como é seu nome?

— Vitor.

— Vitor, vou mandar o meu irmão vir aqui te buscar.

O menino de 10 anos, franzino, magrinho, gritou:

— Oba, oba. Agora, corra que eles vêm vindo.

Como Rosana corria!

Eu agradecendo a Deus e correndo como um louco atrás dela, mas sempre escondido.

Rosana fazendo sinal para um táxi e enxugando os olhos com as costas da mão.

O táxi parou, o chofer olhou e disse:

— Trombadinha!

Acelerou, dobrando a primeira esquina.

Agora ela virava a cabecinha para todos os lados, mostrando no belo rosto, onde a cor ainda não voltara, todo o pavor de que as crianças abandonadas da praça pudessem aparecer.

A um seu aceno, um outro táxi parou.

O chofer pôs a cabeça fora da janelinha e fixou aquela criança desgrenhada e descalça e com os braços cruzados cobrindo desajeitadamente a blusa rasgada na altura do busto:

— O que você quer?

— Quero ir para minha casa.

— Onde é?

— No Morumbi.

— Então comece a andar, pois é bem longe daqui.

— Mas...

O táxi saiu e Rosana soluçava, dizendo:

— Papai, venha me buscar...

Meu coração doía. Fiz menção de correr e apertá-la nos braços, mas pensei que isso iria cortar os pensamentos de Rosana.

Sem que ela percebesse, chamei um táxi e disse ao chofer:

— Caro amigo, você tem filhos?

— Claro, rapaz, sou casado e tenho duas lindas meninas. Uma com 7 anos e outra...

— Está bem. Está bem. Desculpe-me, mas estou muito nervoso. Por favor, você vai me dar a maior ajuda que um ser humano pode prestar a outro. Está vendo aquela menina? É minha irmã, nós somos muito ricos e ela, por motivos particulares, fugiu de casa, foi assaltada e agora quer voltar. Ela não sabe que estive todo o tempo por perto sem interferir, pois assim achei melhor. Olhe, quero que o senhor a leve para o nosso lar. Ela lhe dará o endereço, mas aqui está o meu cartão e quinhentos reais.

— Quinhentos reais! Não precisa, eu farei o que o senhor está me pedindo.

— Por favor, aceite e compre brinquedos para suas filhas. Não se preocupe, pois, qualquer problema eu o estarei seguindo, é só o senhor fazer um sinalzinho com a mão e pararei em um lugar onde ela não veja o meu carro.

E assim foi feito.

Alguns minutos depois, ele parou e fez um sinal.

— Ela está dormindo e tremendo de frio. Tenho um cobertor no porta-malas.

— Sim, sim, cubra-a e quando chegar na minha casa acorde-a na portaria. Quero que ela esteja desperta quando encontrar os nossos pais.

Eu segui o táxi e falei com mamãe pelo telefone. Graças a Deus tinham inventado o celular e era nele que eu ia explicar tudo a mamãe.

Mamãe só conseguia dizer:

— Bendito seja Deus, bendito seja Deus!

Mais calma, disse que tinha contado tudo a papai e que ele dissera:

— Ficarei tranquilo, pois confio no meu filho.

VI QUANDO o táxi parou na portaria e percebi o choque do porteiro.

Nem apertou o automático: ele mesmo correu a abrir. Ouvi-o falar, assustado:

— Senhorita Rosana!

E ela, sem ao menos virar a cabeça com passos lentos, foi seguindo pela larga alameda de altas árvores floridas.

Entrei pelos fundos da mansão e, apressado, fui ficar atrás de meus pais que a esperavam na escadaria. Nunca mais esquecerei o pequeno vulto que chegava, agora com passos mais apressados. E quando viu papai e mamãe descendo os degraus, veio em desabalada carreira ao encontro dos quatro braços abertos e de seus olhos que derramavam copiosas lágrimas de alegria.

E ela, a minha doce e inocente criança, gritou:

— Mamãe, mamãe, ó paizinho, como eu os amo!

Desci as escadas devagar e ela veio ao meu encontro. Eu sorri e disse:

— Aposto que está atrasada para o jantar.

Ela riu, entre lágrimas:

— Estou, mas será a última vez.

ADELAIDE CARRARO, minha querida escritora:

Aqui está uma parte de minha vida sem o meu adorado Renato, tal como os estimados leitores, que leram *O estudante*, desejavam.

Prometo que em breve voltarei para junto de vocês com mais uma narração de vida dos Lopes Mascarenhas, e peço a Deus que seja toda azul.

Será? Veremos.

Roberto Lopes Mascarenhas
São Paulo, 23 de agosto de 1983

A autora e sua florzinha

ADELAIDE CARRARO
1936-1992

Adelaide Carraro nasceu em 30 de julho de 1936.

Ficando órfã aos sete anos, foi viver em um orfanato na cidade de Vinhedo, interior de São Paulo.

Seu primeiro texto que chegou a ser de conhecimento público foi a crônica "Mãe", que lhe rendeu um prêmio aos treze anos de idade.

Adelaide Carraro faleceu em 7 de janeiro de 1992, deixando uma obra bastante extensa, com mais de quarenta livros escritos, tendo mais de dois milhões de exemplares vendidos, entre eles *O estudante*, *O estudante II*, *O estudante III* e *Meu professor, meu herói*.

Leia o início da história

O ESTUDANTE

Relato de um jovem que teve seu lar destruído pelo fantasma mortal das drogas, que não respeita idade, classe social, religião, nem cor. Muitos acharão o conteúdo deste livro chocante e brutal, mas não devem se esquecer de que muito mais brutal é a realidade que aqui se descreve. Não pode deixar de ser lido e recomendado por todos que abominam a miséria e a degradação a que o vício das drogas arrasta os jovens.

Não deixe de ler também

O ESTUDANTE III

Vingança e racismo voltam a trazer transtornos à família Lopes Mascarenhas. Em *O estudante III*, momentos de angústia e aflição espreitam a vida de Roberto e Rosana, dando origem a novos dissabores. Adelaide Carraro, entretanto, demonstra, num texto cheio de alento, sua mensagem de amor, compreensão e otimismo, alertando mais uma vez para o perigo das drogas.

MEU PROFESSOR, MEU HERÓI

"Meu nome é Fabrício, sou sobrinho de Adelaide Carraro. Meu pai é o engenheiro Eduardo de Castro e minha mãe, Nilda Carraro Sevilha de Castro. Eu já vi coleguinhas que deixaram de brincar, de estudar e de comer. Sabem por quê? Minha tia me explicou uma vez que era por causa de um veneno que os adultos chamam de droga. Eu quis aparecer no livro *Meu professor, meu herói* para dar um recado a todas as crianças. Estes venenos não deixam que sejamos fortes e sadios. Brasileiros doentes e magros não podem trabalhar para um país que queremos que seja grande e forte."